光文社文庫

文庫オリジナル／傑作時代小説

宮本武蔵の猿

奇剣三社流　望月竜之進

風野真知雄

光　文　社

本作は書下ろしを含め、
光文社文庫オリジナル作品です。

目次

奇剣三社流　望月竜之進

宮本武蔵の猿

第一話　沢庵《たくあん》和尚の蛙

一

望月竜之進《もちづきりゆうのしん》が、自らの剣の完成をめざして、四苦八苦していたころである。

その日は、品川《しながわ》の海辺に来ていて、ひたすら剣を振っていた。

海辺はどうしたって潮に当たるため、刀に錆《さび》が出やすく、あとの手入れが面倒になるのだが、それでも波音を聞きながらの稽古は、神経を研ぎ澄ませるのに役立つような気がするのだ。

ただ、品川の海は遠浅《とおあさ》である。

波は、怒濤《どとう》にほど遠い。沖にあったときの勢いを失い、牛でも連れて来たみたいに、のたりと来て、のたりと帰って行く。

自然、剣捌《さば》きもその影響を受けた。

剣を振るときは速きを心がけるが、構えるときはゆっくりになる。のったりと動く。

緩《かん》と急。静と動。

なにか掴《つか》めそうな気がしていると、

「よいのう。じつに、よいのう」

後ろで声がした。

五間《けん》（およそ九メートル）ほど後ろで、さっきからこっちを見ている人がいることには気がついていた。だいぶ歳のいった坊さんである。いくつくらいなのか。だいたい坊さんというのは倍くらい老けて見える。見た目は百五十歳くらいだから、じっさいは七、八十歳くらいかもしれない。

瘦《や》せて、奥まった目には、柔らかい笑みがある。

答えずに剣を振っていると、

「いやあ、よい構えじゃのう」

まだ言っている。

どうやら、話したいらしい。

剣を止め、まっすぐ坊さんの顔を見た。

「素晴らしいな。こんなに見事な構えや剣捌きは、初めて見た。達磨《だるま》和尚が剣をやったら、こんなふうかもな」

それはいくらなんでもお世辞《せじ》だろうと思ったが、

「どうも、畏《おそ》れ入る」

と、一礼した。

坊さんが剣の腕を見極められるはずがないとは思うが、ここまで褒《ほ》められれば嬉しくなってしまう。

だが、稽古は止《や》めない。ふたたび剣を振り始める。

「旅の暮らしかな？」

坊さんが訊《き》いた。砂浜に置いた荷物から察したのだろう。

「はい」

「なぜ、旅をする？」

「浮雲《うきぐも》は心遂げ易し。そう聞いたので」

剣を振りながら話している。

この文句は誰に聞いたかは忘れたが、坊さんには受けるのではないかと咄嗟《とっさ》に思ったのだ。

「それは白居易《はくきょい》の詩の一部だよ」

坊さんは笑って言った。

「そうでしたか」

「白居易の名の由来はこうだ。君子《くんし》は易きに居て運命を待ち、小人は危険をおかして僥倖《ぎょうこう》を求むと。どうじゃ、耳に痛かろう」

「ははあ」

たいした教養である。聞いたふうなことは言えない。

「まだ、お若いだろうに。いくつになられた？」

「二十四に」

二十四は若いのだろうか。自分では、よくわからない。

幼いころから剣を振りはじめ、十八、九くらいから自分なりの剣を完成させたいと強く願うようになった。剣の師匠は亡父だけである。亡父は東軍《とうぐん》流だったが、いまの竜之進の剣は、父の教えからはだいぶ遠ざかってしまった。

「勿体《もったい》ないな。剣客にさせておくのは」

坊さんは妙なことを言い出した。

「……」

「僧侶になったほうがよい。どうじゃ、僧侶にならぬか？」

どうも褒めているつもりらしいが、それにしても僧侶とは……。

「本気ですか？」

つい訊いてしまった。

「むろんじゃ。まるで禅《ぜん》の境地を見るようだ」

「いや、それは買いかぶりでしょう」

竜之進は剣を振りながら苦笑するばかり。

「禅はしたことはないかな？」

「ありませんね」

「やったことがないのが当然だよ。座禅を組みたいなどと思うほうが変人でな」

「変人？」

「さよう。ふつうの人間は、たいして迷うこともなく、欲望に従うか、他人の教えを鵜呑《うの》みにして、どうにか生きていけるのさ」

「だが、それでは駄目なのでしょう？」

「駄目なことはないさ。そうやって生を終えられたら、それはそれでよいじゃろうが」

「はあ」

どうも、竜之進が漠然《ばくぜん》と思ってきた仏の教えとは違う気がする。

「わしの友だちにやはり剣客の柳生《やぎゅう》さんという人がおってな、剣禅一致というのをめざしているよ」

「柳生さん？　新陰《しんかげ》流の？」

「あ、そうそう。柳生宗矩《むねのり》さん」

「ご友人でしたか」

もはや柳生宗矩を剣客などとは言えない。たしか、大名になっているのではないか。

「十兵衛《じゅうべえ》さんもよくここへ来るよ」

「柳生十兵衛が……」

柳生一族のなかで、最強といわれる剣士である。

剣客なら、その名を知らない者はいない。

思わず、剣を振るのを止めていた。

「どうかしたかな？」

「お坊さんのお名前は？」

「わしは、沢庵《たくあん》というお馬鹿な坊主だよ」

「沢庵和尚……」

将軍も帰依《きえ》するといわれるくらいのお坊さんではなかったか。

「どうかしたかい？」

「いや、わたしは仏の道にはとんと疎いのですが、沢庵和尚といえば、ものすごく高名なお坊さんでは？」

「高名かのう？　だが、名が知られているからといって、優れているとは限らぬぞ。わしなどは、悟りには遥《はる》か遠い、お馬鹿な坊主だよ」

「はあ」

ほんとにこの人が沢庵和尚なのか。坊主頭だが、よく見ると、ところどころ伸び過ぎたり、短過ぎたりしている。自分で適当に切ったり剃《そ》ったりしているみたいである。白くなった眉毛が長く伸びて垂れ下がっている。その眉と目がずいぶん離れているので、表情が牛が垂らした涎《よだれ》みたいに間延びして見える。自分でも言ったように、ただのお馬鹿な坊さんに見えなくもない。

「あんたなら大丈夫じゃろう」

勝手に納得したみたいにうなずいて言った。

「え？」

「寄って行かれよ」

「どこへ？」

「わしの寺はすぐそこさ。なにもてなしはできぬが、うまい大根の漬け物くらいは食べさせてやれるよ」

沢庵は品川の山のほうを指差した。

そこは広大な寺領になっている。見えている屋根だけでも、立派な堂宇《どうう》であることがわかる。

幕府の庇護《ひご》も厚き萬松山東海寺《ばんしょうざんとうかいじ》。

名刹《めいさつ》である。

二

山門の前までやって来ると、

「あ、和尚さん」

と、なかから小坊主が駆け寄って来た。両手は土で汚れているが、頭の剃り跡は、皮をむいたウドみたいに瑞々《みずみず》しい。青々としている。こっちは自分で剃ったのではないだろう。

小坊主の表情を見ても、この老僧が、沢庵であるのは確からしい。

「おお、天然《てんねん》か。草むしりは終わったか？」

「はい。でも、草はむしってもむしっても生《は》えてきます」

「そこがいいだろう」

「そうですね。生えてこなくなったら、寂しい気がします」

「それはよい心がけじゃな」

「はい」

不思議な会話である。

なにか重要な教訓でも含まれていたのだろうか。

「そうそう。お侍の名前は、なんとおっしゃる？」

沢庵は振り向いて訊いた。

「望月竜之進と申します」

「天然、こちらの望月さんはしばらく滞在する。お世話してあげなさい」

沢庵和尚は天然に言った。

「え?」

竜之進は驚いた。しばらく滞在するなどとは言っていない。

が、別に急ぐ旅でもない。

——ま、いいか
と思った。これも修行、あれも修行。

「はい。では、どうぞこちらに」

天然が歩き出したので、竜之進はその後を追った。

案内に従って、本堂の横からなかに入り、長い廊下を二度、三度曲がって、西側の部屋に来た。

前には広い池があり、その向こうは一面、山になっている。そう高くはなさそうだが、豊かな森であることはわかる。紅葉のころは、さぞや美しいのではないか。

また、この手の山は、木の実やキノコ、さらに野ウサギや野鳥など、食料になるものもいっぱいとれるのだ。竜之進のような流浪《るろう》の剣客にとっては、飢えをしのぐことができるありがたい山なのである。

「この部屋で寝泊まりしていただきます」

「こんな広い部屋にかい？」

畳を数えると、十二畳もある。しかも、床の間付き。掛け軸も付いている。

「はい」

「わたしは身分のある者ではないよ。二畳敷きくらいの部屋がふさわしいよ」

「そういう部屋はありません」

「あるじだっていない浪人者だ」

「ですが、和尚さんの客人ですので」

「ほかにどなたかいっしょかい？」

「いえ。望月さまだけです」

「ほう。驚いたな」

「ご遠慮なくお過ごしください」

「ここは広いだけでなく、いい景色だ。大名が泊まっても不思議じゃないくらいだろう。こんな部屋に泊めてもらえるなんて贅沢《ぜいたく》だよ」

このところ、野宿ばかりしてきた。景色どころではない。雨風をしのぐのに、むしろ景色は見えないくらいのほうがいい。

路銀《ろぎん》も乏《とぼ》しく、だから江戸近郊から離れられずにいる。

「はい、お大名もお泊まりになったことがあります」

「だろうな。この寺は広いし、迷いそうだよ」

「迷ったら、廊下から外に下りてください。建物沿いに回っていけば、かならず本堂のところに出ます」

「なるほどな」

天然は可愛らしい。無邪気そうだが、頓智《とんち》が回りそうである。

「お坊さんもさすがに多いね」

廊下を来るときも、あちこちの部屋で若い僧侶を見た。

「はい。和尚さんに憧れて、全国から修行に来ています」

「ほう」

「天然さんはいくつだい？」

「十二です」

小柄なので、八つか九つくらいに見えた。だが、よく見ると、身体《からだ》はしっかりしている。武士の倅《せがれ》で、武芸の稽古などもしてきたのではないか。

「お坊さんになりたくてなったのかい？」

「いいえ」

「じゃあ、なぜ?」

「わかりません」

「でも、わからないは、ないだろう」

「でも、和尚さんが頭を剃れと」

情けなさそうな顔になって言った。

「ここへはいつ来たのだ?」

「半年ほど前に、柳生宗矩さまに連れて来られました」

「柳生さまに。天然さんは、柳生の家の人?」

「ええ、まあ、そんなような。もちろんご宗家《そうけ》ではなく、分家のそのまた分家みたいな家の者ですが」

「だが、和尚さんは頭を丸め、僧侶にしてしまったのか……」

そんなことをしていいのだろうか?

「もしかして、望月さまも坊主にさせられるかもしれませんよぉ」

天然はからかうように言った。

「いや、わたしはお坊さんになるつもりなど、毛頭《もうとう》ないぞ」

いささか焦って言った。

「わたしだってそうですよ」

「ううむ」

「望月さまは剣客ですか？」

「まあな」

「何流ですか？」

「まだ、ないのさ。わたし独自の剣法が完成できたら、名前をつけようかとも思っているのだがな」

だが、そんな日は来るのだろうか。

その前に野垂れ死にしても、なんの不思議もない。

三

寺で飯を食わせてもらいながら、近くの山や海辺で稽古をし、夜は気持ちよく寝る。そんな申し訳ないくらいの毎日だった。

そのあいだ、天然はずっと、竜之進につきっきりだった。沢庵からそうするように命じられたらしい。

十日ほどして——。

「望月さん。禅寺にいるのだから、お経の一つも覚えるといい」

と、沢庵に言われた。

「お経！」

そう来るとは思わなかった。むしろ、座禅を勧められると思っていた。

だが、座禅をやるのは恥ずかしい。逆に、剣客はそういうことをしてはいけない気がする。悟るより、バチを当ててもらうのがちょうどなのではないか。

むろん、剣を悪事に使おうなどとは思わない。自分は決して立派な人間ではないが、悪行にはぜったい加担しないつもりである。むしろ、善男善女のため、悪党と戦うのが、ろくでもない剣客である自分の、せめてもの罪滅ぼしではないか
——つねづね、そんなことを思ってきた。

「剣客なら、相手を斬り殺すこともあるだろう」

沢庵は、きつい目で言った。

「は」

「そのとき、経を唱えてやれば、恨まれずに済むかもしれぬぞ」

「ははあ」

「天然、教えて差し上げなさい」

「わたしは般若心経《はんにゃしんぎょう》しか知りませんが」

天然は困った顔で言った。

「いちばんの教えだよ」

「わかりました」

本堂はなにか法事がおこなわれていて使えない。外に出て、

「どこでやりましょう?」

と、天然に訊かれた。

「どこでもいいなら、田んぼの畦道《あぜみち》にでも座ってやるかい?」

「いいですよ」

寺のわきの田んぼに来て、畦道に腰を下ろした。

竜之進はあぐらをかいたが、天然は着物が汚れるので立っている。

「摩訶般若波羅蜜多心経《まかはんにゃはらみった》というお経です」

「ああ、それは聞いたことがあるよ」

「では、わたしの言うとおりに繰り返してください。観自在菩薩」

「かんじざいぼさつ」

「行深般若波羅蜜多」

「ぎょうじんはんにゃはらみた」

意味もわからず繰り返していると、思ったほど長くなく、終わった。

「これだけです」

「うむ。だが、意味もわからないまま覚えるのは大変だな」

「意味ですか」

「天然さんはわかっているんだろ？」

「だいたいですけどね」

「教えてくれよ」

竜之進が頼むと、天然は少し緊張した顔になって、

「要するに、この世はすべてが空《くう》ってことですよ」

と、言った。

「空？」

「こうして目に見える草も水も蛙も、わたしたちの気持ちのなかに湧いてくる喜びも悲しみも、ぜーんぶ、ぜーんぶですよ。空なんです」

「それは無ってことかい？」

無になるというならわかる。

万物はうつろって、最後は無になる。それなら想定のうちである。

だが、空とはなんだ。

「無ではないですね」

「でも、草はこうしてむしれるよな。手で触れられるぞ。匂いもある。それでも、空なのかい」

竜之進はじっさい傍らの草をむしって、つぶして緑の汁を出し、その匂いを嗅《か》いだりしながら言った。

「空なんです」

「夢でもないよな？」

自分の頭がぼんやりして、なにも実感がなくなってしまう。腹が減り過ぎて、そういう状態になったこともある。

「夢でもないです。すべて空なんです。そう思って、生きて行きなさいという教えなんですよ」

「そりゃあ難しいね」

「難しいですか」

天然はわかったような顔をしている。

「和尚さんもわかっているのだろうな」

「いや、和尚さんはわからないっておっしゃってます」

「そうなの？」

和尚もわからないとはどういうことなのか。

仏の教えは、ただの判じ物なのか。

「でも、和尚さんは凄いです」

「なにが？」

「和尚さんがこの般若心経を唱え始めると、ここらの蛙たちまで般若心経を唱えるのですから」

「そんな馬鹿な」

と、竜之進は手を叩いて笑ったのだった。

ところが、その晩のことだった。

沢庵が本堂のわきの小部屋で読経をしていた。竜之進はたまたま近くにいて、寝そべったまま、そのお経を聞くともなく聞いていた。昼間、竜之進が天然から教わった般若心経らしい。

　すると、近くの田んぼから蛙の鳴く声が聞こえてきた。


　げろげろげろ。

　げろげろげえろげろ。


なんだかお経に聞こえるのである。

耳を澄ましても、やはりお経に聞こえる。

——ええっ？

しかも、何千何万もの蛙たちの、けなげで朴訥《ぼくとつ》そうな表情まで想像できてしまう。蛙の善牡善牝たち。

竜之進は思わず身を起こしてあぐらをかいた。

——ほんとか？

やはり信じられない。

四

「色即是空《しきそくぜくう》、空即是色」

竜之進は歩きながら般若心経を唱えている。

「熱心ですね」

いっしょに来ていた天然が感心した。

「うん、面白いしな」

「面白いですか？」

「面白いなあ。世のなかに、こんな考え方があるのかと、びっくりしたよ」

これは本心である。改めて考えて、つくづくそう思った。

空という考え方が新鮮だった。いままでそんなふうに考えたことはなかった。

これは突き詰めて考えるに値するという気もしている。

「では、わかったのですね？」

「いや、さっぱり」

竜之進がそう言うと、天然は呆《あき》れた顔をした。

意味は昨晩、ちょっとした隙《すき》を窺《うかが》って、沢庵にも訊いてみたのである。

空についてである。これがやはり、般若心経の心髄《しんずい》だろう。

沢庵も、一瞬、それがわかるときがあるという。だが、また、わからなくなると。

どうも、人の頭が空を捉《とら》えられるようにできていないのではないか、なにか足りないのではないか、とも言った。

「和尚は、そんなにかんたんにわかってたまるかと、おっしゃった」

「そうですか」

「わしは、一生、考えるとも」

「ひぇえ」

天然は、可愛い悲鳴を上げた。

「頭ではわからなくても、身体でわかるかもしれぬとも」

「禅を組めばいいということですか?」

「剣かもしれぬとさ」

沢庵にそう言われたのは、やはり心に引っかかっている。

天然が妙な顔をした。

「どうしたい？」

「なんか、嫌な気配が」

天然は立ち止まり、耳を澄ますようにした。

ここは、東海寺の裏、山のふもとになっている。雑木林と田んぼのあいだの道を歩いているのだが、その雑木林に何者かが潜んでいた。

むろん、竜之進はさっきからそれを察していた。

「誰かいますね」

「わかるのかい？」

「はい。四人……いや、五人」

「ほう」

この気配を感じ取れるとは驚きである。

しかも、天然は腰をかがめ、さりげなく木の枝を手にしている。百姓が薪《たきぎ》を取ったものを落としたかしたのだろう。途中、枝分かれしたところで少し曲がっているが、充分、木刀がわりになりそうである。

――この小坊主は、相当に腕が立つ……。

竜之進は目を瞠《みは》る思いだった。

天然はそれを杖がわりにするように歩き出した。

「沢庵和尚は誰かに狙われているのかい？」

「さあ」

だが、あれだけ高名な人になると、我知らず敵をつくるということもあるのかもしれない。

天然は、和尚を守ろうとしているのか。柳生宗矩は、そのためにこの小坊主を、沢庵のもとに置いていったのかもしれない。

まもなく、男たちは隠れようともせず、竜之進たちを取り囲むようにした。

五人。すでに剣を抜いているのが二人。

たいした腕ではなさそうである。

「なんだ、そなたたちは？」

竜之進は訊いた。

「邪魔するな。そなたまで命を落とすことになるぞ」

やはり沢庵和尚を狙っているのだろう。その前に、邪魔な用心棒を始末しようというつもりらしい。

「天然さん、逃げるんだ。和尚さんに伝えるんだ。いいな」

竜之進はそう言って、刀を抜くと峰を返し、雑木林のほうへ進んだ。

「こいつが先だ」

そう言って斬ってきたのを、峰で受け、足を飛ばして転ばせると、肩に一撃した。

「むふっ」

男は気絶したらしい。

すぐに、次の相手に突進する。あいだに木を挟むようにして前に行き、しゃがみ込むようにした。

低い位置から剣を振り、

「ややっ」

戸惑った相手の脛《すね》を峰で打った。

「ぐがぁ」

痛みのあまり、地面の上で七転八倒した。これも、首筋を叩いて気絶させる。

息が切れ始めたが、休む暇はない。

竜之進の強さに圧倒され、逃げようとした男に追いつき、肩を一撃。他愛《たあい》なく倒れた。

もう一人、畦道を逃げて行くのがいたが、これは追いかける暇がない。

――あと一人。

姿が見えなくなった天然を探すと、雑木林のなかで白と黒の僧衣が動くのが見えた。

――しまった。

まさかあんな小坊主を襲うとは、考えもしなかった。

駆けつけると、天然の前に男が倒れていた。

男は喉を突かれ、死んでいた。

「え?」

竜之進は、つまらなそうな顔で立っている天然を見た。

五

「狙われているのは、わしではない」

と、沢庵が言った。

すぐに沢庵に報告し、遺体を葬ってくれるよう頼んだ。竜之進が倒した三人は、目を覚まし次第、自分の足で逃げ帰るだろう。骨が折れるか、罅《ひび》が入るかして、ふたたびここに攻めて来るほどには、なかなか回復しないはずである。

ところが、てっきり沢庵を狙って来た連中かと思ったら、そうではないのだといら。

「まさか？」

「さよう、天然じゃよ」

「なんと」

これには驚いた。あんないたいけな小坊主を、大の男たちがなにゆえに襲わなければならないのか。

「あの子は秘剣遣いでな」

「秘剣？」

「〈笠の下〉とかいう剣を遣うらしい」

「……………！」

剣豪塚原卜伝《つかはらぼくでん》が、〈一つの太刀〉とともに完成させた秘剣が、笠の下である。しかも、一つの太刀と同様、名のみ伝わって、どういう剣かはほとんど知られていない。

「それで、あの歳にして、すでに四人を斬った。いや、今日で五人か」

「そうなので」

「あんな歳で、もう敵までつくって、命と秘剣を狙われている。可哀そうに」

「ははあ」

「柳生さんが、助けてやろうと、わしのところに連れて来た」

「そうだったので」

「だが、ここも知られてしまったようでな」

「ははあ」

「正直、わしは、あの子に剣を捨てさせたいのだ」

「捨てさせる……剣禅一致をめざすように導かれたら？」

「あの子には難しいと思う」

「そうなので……」

沢庵の気持ちがわからない。

「このところ、ちらほらとあいつらが来るようになった」

「どういう連中なので？」

「柳生の里とは一山離れたところにある集落の武士たちで、北山《きたやま》卜伝流とかいう流派を名乗るらしい」

「塚原卜伝と縁があるのですね」

ただ、卜伝流には亜流が多い。その里山だけに伝わる流派もあると聞いた。北山卜伝流とやらも、その一つなのだろう。

「わしは、そういうことはわからんよ。ただ、もともと柳生には反感を持っていた流派らしい。しかも、連中の総帥《そうすい》を天然に倒されたことで、意地になっているみたいだ。馬鹿なやつらさ。柳生さんのところに帰そうかと思っていたら、あんたと会った。それで、あんたに守ってもらおうと思った」

「そういうわけでしたか」

「あんたなら守れる。あの子にも伝えられるものがある。そんな気がしたのさ」

「それは……」

買い被りというものだろう。自分も迷ってばかりいる。

未完成の剣が、なにを教えられるのか。

六

夜のうちは雨だったが、陽が出ると快晴に変わって、品川の海辺は爽やかな風が吹き渡っている。

竜之進と天然は、海からほど近い田んぼの畦道にしゃがみ込み、あちこちにいる蛙たちを見ていた。

大きいのもいれば、中くらいのもいる。茶色いのや、赤っぽいのもいれば、可愛らしい緑のアマガエルもいる。足元をずうっと見回しただけでも、五、六匹は見つけられる。一反《たん》の田んぼだと、どれくらいの数がいるのだろう。

「いっぱいいるなあ」

竜之進がそう言うと、

「そうでもないです」

と、天然が不満そうに言った。

「そうなのかい？」

「蛙は卵をもの凄くたくさん産みます」

「だろうな」

透明ななかに黒い点々があるやつだろう。春の水辺で見たことがある。ひどく空腹のとき、茹《ゆ》でて食おうかと思ったことがあるが、蛙には毒があるのもいるので、どうにか我慢したのだった。

「そこからおたまじゃくしがいっぱい生まれ、それが蛙になります。でも、ヘビに狙われるし、カラスやサギなど、鳥たちにもどんどん食べられてしまいます。それはもう、どんどん食べられるんですよ」

天然は、どんどんという言葉を、嫌そうに繰り返した。

「そんなに敵がいるんだ」

「もう、凄いです」

じっさい、こうしているあいだにも、サギが四、五羽、降り立って、水が張られた田んぼの、育ち始めた稲のあいだを歩いている。ときどきついばんでいるのは、ミミズや蛙らしい。

「大きい蛙は、小さい蛙を食べたりもするのですよ」

「そうなのか」

「生きていくのは大変ですよ」

天然は、ため息をついて言った。

「人もな」

「ええ」

天然はじいっと田んぼの蛙を見ている。

この歳で、五人の相手を殺してきた。竜之進も、ずいぶん立ち合いはあったが、命を奪った相手はそんなにはいない。

「笠の下はどうやって会得したのだ?」

と、竜之進は訊いた。

「北山卜伝流の一派の集落は、うちの家にも近かったんですよ。それで、遊びに行ったりしているとき、一派の頭領みたいな人が、自分の子どもらしい男の子に教えているのを何度か見かけたんです。それで……」

「会得したのか?」

「たぶん。面白い動きの剣だったのです。笠の下という技だとも言っていました。ああ、こういうふうにやったら負けないだろうなとも思いました」

「ふうむ」

天然は優れた天分に恵まれていたのだ。しかし、それが仇《あだ》になってしまった。

「それで、あるとき、教えられていた子どもはわたしより少し年上みたいでしたが、その子に『あんな技、覚えられないのかい?』って訊いたんです」

「なるほど」

「相手は凄く怒って刀を抜き、わたしに斬りかかってきました。それで、わたしも相手が教わっていた剣で倒したんです」

「そうか」

「そのあと、すぐ頭領が来て、わたしが斬ったのに気づきました。それで、倅の仕返しをしたくなったみたいで」

天然は、呆れたような表情で言った。

「頭領と戦ったんだ?」

「はい」

「それも、笠の下で?」

「はい」

「そのあと、さらに二人を?」

あと二人、斬っているはずである。

「いいえ、それはもっとあとで、家に逃げ帰ってからです。わけを話すと、柳生本家に相談に連れて行かれたのですが、その途中でのことです」

「追いかけて来たのか？」

「はい」

天然は、うんざりしたように言った。

「そりゃあ、相手も悪いな」

「そうですか？」

「いくら天然さんが強いと言ったって、十二の子どもに敗れるようなら、自分たちは弱かったのだと諦《あきら》めるべきだろう」

「そうですよね」

天然は笑った。

「本当に笠の下なのかな」

竜之進は、天然の目を見て言った。

塚原卜伝がたゆまぬ鍛練の末に編み出した秘剣が、それほどかんたんに会得できるものだろうか。

「どうでしょう。でも、望月さまには教えませんよ」

「笠の下をか？」

「知りたいのでしょう？」

「べつに」

　嘘ではない。他人が編み出した秘剣など会得したいとは思わない。己に合った剣は、己でつくるしかない——そう思っている。身体のつくり、動き方、皆それぞれなのである。基本の動きを覚えたら、そこから先は一人だけの道なのだ。

「へえ」

「それに、笠の下の動きは、あの遺体を見たらわかったよ」

「あれだけで？」

「横に斬る恰好で喉を突くのだろう。その突きの速さが決め手なんだな。しかも、刃を横に寝かせて突き、そこから刃を回り込ませるようにする」

「当たりました」

天然は呆れた顔で言った。

「やっぱり」

と、竜之進はうなずいた。

だが、その剣が本当に笠の下かどうかは微妙な気がする。むろん、それは竜之進の勘でしかないが。

しかも、その剣捌きがまんまと成功したのは、背丈の小さな子どもであることも幸いしているのだ。

天然に恵まれた才能があるのは間違いないが、その秘剣はおそらく大人になるにつれ、遣えなくなるはずである。

「あの子は、人を殺すことに迷いがなくなった」

沢庵はそのことをいちばん心配していた。

だが、それもおそらく、まだ子どもだからなのだ。

沢庵は天然を、

「可哀そうに」

と、言った。それには竜之進も同感だった。

七

夕飯を済ませて、竜之進と天然は寺の外に出て来た。

夜空の下の田んぼを眺めたくなったのだ。

よく晴れて、十六日目の月は眩《まぶ》しいくらいである。星も豪華過ぎるほど、たんと出ている。その下の田植えを終えたばかりの田んぼが、水明かりとなって輝き、まだ丈《たけ》の足りない、か細い苗がいっせいに風にそよぎ、どこかおとぎ話の世界のような美しさだった。

「きれいですね」

「ああ、いいよな」

品川は海の景色もいい。山の木々も季節ごとの美しさがある。だが、山と海のあいだの、人の暮らしの匂いを漂わせる風景がいい。

「田んぼは、田の字ですね」

と、天然が言った。

「ああ、田の字だな」

高台になった畦道にいるので、田んぼを上から見下ろすかたちになっている。真四角に区切られているのがよくわかり、畦道がまさに田の字の連続になっていた。

「あ、また、来てる」

と、天然が言った。

海のほうからつづいている道を、三人の男がこっちに向かって歩いて来るのが見えた。

「そうだな」

じつは、今日の昼から寺の周辺で、三人の姿がちらちらしていたのである。

——もしかしたら夜襲が？

そう思っていた。もしも、そんなことをされたら、間違って斬られる者も出て来るに違いない。小坊主は、天然だけではない。

それならばと、外へ出て来たのである。景色を眺めるのだけが目的ではなかった。

こっちに歩いて来るようすを見ていた天然は、

「今度の人たちは強いですね」

と、言った。

やはりそこまで見えている。たいした才能である。

「そうだな」

「三人いますよ」

「ああ」

「望月さまがお一人で相手するので？」

「それはそうだ」

「お手伝いしますよ」

「駄目だ。和尚に言われている。天然にはぜったいに戦わせないでくれと」

「そうなので」

天然を後ろにかばうようにしていると、近づいて来た三人のうちの一人が、

「そこにいるのは、遠山小太郎《とおやまこたろう》だな」

と、下から声をかけてきた。

「そうなのか?」

小声で訊いた。

「はい。わたしの名です」

竜之進はうなずき、

「そうだが、小太郎は戦わぬ。見てのとおり、坊主になったのだ」

と言った。

「駄目だ。それは通らぬ。そやつはわれらの頭領と御曹司《おんぞうし》を斬っているのだ。許すわけにはいかぬ」

「弱いから負けたのだろう。こんな子どもを恨む筋合いではない」

竜之進はそう言って、高いところの畦道から、下の田んぼへと下りて行った。

「ならば、わたしが相手をすることになる」

蛙だってもう少し話が通じそうなものである。

三人はいっせいに刀に手をかけた。

「侮辱《ぶじょく》は許さぬ」

田のなかの畦道で戦うつもりだった。

「ははあ、そなた、柳生十兵衛であろう。相手に取って不足はないわ」

竜之進を柳生十兵衛と間違えたらしい。

面白くて、竜之進は声を出さずに笑った。

竜之進は、北山卜伝流の三人よりも早く、田んぼの畦道に入った。

細い畦道である。人がぎりぎりすれ違えるくらい。

ここだと、三人いっしょには攻めて来られない――そういう策だと、相手も踏んだのだろう。なにやら相談していたが、三人は田んぼを回り込むようにして、別々の畦道に足を踏み入れてきた。

それぞれがなかなかほどまで進んだ。

すなわち、田という字の真ん中にある十字の線上に、一人ずつ立つような恰好になった。

平らな地面と違って、三人いっしょに打ちかかって来ることはできない。だが、これが平らだったら、竜之進はひどく不利になるかもしれない。

さっきまで、あんなに鳴いていた蛙たちが、いまはぴたりと鳴き熄《や》んで、静まり返っている。男たちが戦っている緊張感が、蛙たちにも伝わるのだろうか。

竜之進は、峰を返したまま、八相《はっそう》に構えている。

敵の三人は、皆、青眼《せいがん》に構えている。

誰も声を出さない。掛け声すらない。

夜空は高い。明かりは満ちている。

——空とはなんだろう。

この世のすべてを含んだ世界を、宇宙というのだと、沢庵は教えてくれた。

唐土《もろこし》に『淮南子《えなんじ》』という書物があり、それには、

「往古来今これを宙と言い、四方上下これを宇という」

と書いてあるという。

宇宙。

奇妙な響きを持った言葉だった。

沢庵はさらに言った。

「南蛮《なんばん》の宣教師たちは、われらがいるこの星は丸く、宇宙に浮いているのだと語ったそうじゃ。丸いということはすでに証明されている。だから、連中はこの国に来ることができたのだと」

「ほう」

「われらはそんなことは違うとしてきた。この世は須弥山《しゆみせん》の麓《ふもと》にある海のなかの島だと思ってきた。だが、近ごろわしは、やはり連中の言うことのほうが当たっているような気がしている」

「ということは……」

「われらがいるこの星は、丸く、宇のなかに浮いている。そして、宇の大きさは途方もない。しかも、この宇は無限とも言うべき時の流れのなかにある。それが宙」

「ううむ」

昼間、考えるとわけがわからなくなった。

いま、こうして立っていると、宇宙を実感できるような気がする。

だが、その宇宙でさえ、空なのだという。

それは、死ねばなにもわからなくなるからなのか。たしかに生まれて来る前は、なにもわからなかった。宇も宙もなかった。

生きて、それがあることを思うからあるので、思わなければないということか。

「そうではない」

と、沢庵は言った。

「われわれが生きていようが、死んでしまおうが、空は空」

どういうことなのか。

目の前に三人の敵。この世は空だというのに、自分は敵の一挙手一投足を気にしていなければならない。

——それにしても、静か過ぎないか。

しわぶき一つない。汗が落ちる。その落ちる音さえ聞こえてしまう気がする。

汗の落ちる音を聞かれたくない。

竜之進は、自分の身体が固まってしまったような気がした。

これでは、敵が殺到して来たら、なにもできず斬られるばかりではないか。

——この宇宙を軽々と飛空できるほどの、心が欲しい。

そう思ったときである。

観自在菩薩　行深般若波羅蜜多時　照見《しょうけん》五蘊皆空《ごうんかいくう》

般若心経が聞こえてきた。天然が唱えているのだ。

すると、それまで沈黙していた蛙たちが鳴き出した。

げろげろ　げろげろげえろ　げろげろ

蛙たちも般若心経を唱え出した。

圧倒的な数の声明《しようみよう》だった。

品川の町を圧するほどの蛙たちの読経だった。

このお経のおかげで、竜之進の身体が柔らかくなっていた。自然と八相から脇《わき》構《がま》えに変わった。のったりと動くことができた。

「ああ、やかましいっ」

敵の一人が怒鳴った。

苛立《いらだ》ち、焦り、恐怖も混じった声だった。

「糞蛙どもだ」

「黙れ」

あとの二人も喚《わめ》いた。

そのとき竜之進が動いた。

緩が急になった。静から動に移った。

畦道をまっすぐに走り、正面にいた敵に打ってかかった。

敵はかろうじてその剣を受けたが、押し返され、捻《ひね》るように翻った竜之進の第二波の剣で胴を叩かれ、田んぼのなかに崩れ落ちた。蛙よりもみっともなく、手足をばたばたと動かしている。

「おのれ」

二人目が竜之進の後ろから来ていた。

横殴りの剣の切っ先を見切って、その腕を上から叩いた。手の先がだらりと垂れたのがわかった。

「ぐわっ」

剣を落とし、膝から田んぼへ崩れ落ちた。

最後の一人が、右手の畦道の上にいた。

竜之進は、ずんずんと前に進み、右に曲がって相手に突進した。

相手は圧倒され、踏み込んで来たのはいいが、畦道から足を外し、田んぼに落ちた。勝手に道を踏み外した。

慌てて上がろうとするのに、鼻先に剣を突きつけ、

「小太郎のことは諦めろ」

と、竜之進は言った。

「ううっ」

「諦めぬというなら、今度は柳生一族が相手になるぞ」

「柳生一族が……」

大軍団を相手にすることになる。

「そなたたちの里をこの世から消すぞ」

柳生十兵衛だと思ってくれているらしいから、それを利用させてもらった。

「わかった」

相手はうなずき、剣を鞘《さや》に納めた。

八

翌朝——。

品川から西に向かうという望月竜之進を、沢庵と天然は街道のところまで見送りに出てくれた。雲の多い日だが、その雲が竜之進を早く旅立てとうながすかのように、西へ西へと動いていた。朝から蛙が鳴いているから、まもなく雨になるのかもしれない。

長さがまちまちな不思議な頭の毛を東風《こち》になびかせながら、

「やはり、うまいことやってくれると思ったよ、望月さんなら」

と、沢庵和尚は言った。

「とんでもない。あのとき動揺しつつあった気持ちを、天然さんの般若心経が救ってくれたのですよ」

竜之進がそう言うと、

「ほう。それはたいしたもんだ」

と、沢庵は天然を見た。

天然は首を何度か横に振り、

「あのとき、なぜかわたしは、斬り合いをやめてもらいたいと思って、一心不乱にお経を唱えたのですよ」

「斬り合いをやめてもらいたい」

「ええ。無駄な殺生《せっしょう》は避けて欲しいと思ったんです」

「ほう」

「そう思ったのは初めてです。人を斬るのはよくないことです」

沢庵は天然の言葉に満足げにうなずき、

「望月さんのおかげで、天然は人を斬らないということを学んだらしい」

「わたしではありません。天然さんは自分で学んだのですよ」

それは間違いない。天然は、蛙から生を学んだのだ。

生のはかなさ、だからこそ大切にしなければいけないことを悟ったのだ。

「そうか。えらいな、天然は」

沢庵に褒められて、天然は嬉しそうに微笑《ほほえ》み、それから竜之進に握り飯の包みを手渡してくれた。いつも膳に載せて運んできた玄米の朝食を、今朝は握ってくれたのだ。小さな手で、できるだけ大きな握り飯を。おかずにはたぶん、うまい大根の漬け物をつけてくれている。

竜之進はありがたくそれをいただいた。

「望月さんのほうは、剣の目途《めど》は立ったのかな?」

沢庵が訊いた。

「はい、少し」

目途が立ったのは、稽古の方法についてである。

つねに三人を相手にする。

じっさいの剣は、一対一になるとは限らない。

大勢を相手にすることもある。

だが、三人を相手にする剣を完成できたら、もう何人相手でも大丈夫だろう。

そこらあたりを稽古しながら突き詰めていけば、自分独自の剣法が見えて来るのではないか。

「そりゃあ、よかった」

「だが、たとえ新しい剣法を完成させようが、させまいが、それも空なのでしょうな」

竜之進は、流れていく雲を見上げて言った。

雲は先ほどよりも速く流れていた。

「空？　それも空とな？」

沢庵は目を瞠った。

空の理解は難しく、わかったと思うときと、まるでわからなくなるときがある

——沢庵はそう言っていた。

どうやらいまの沢庵和尚は、わからなくなっているときのようだった。

第二話　宮本武蔵《みやもとむさし》の猿

一

すでに初夏といっていい季節だというのに、朝から冷たい雨が降りつづいていた。昼時分になっても雨は上がりそうもない。それどころか、雨足はますます激しくなってきた。

ここ、川越《かわごえ》街道沿いの小さな茶店でも、雨足が弱まるのを待つ旅人が、四、五人ほど、恨めしそうに空を眺めていた。

と——。

その雨をかきわけるようにして、歳の頃は十七、八の若い男が飛び込んできた。頬に幼さを残しているが、どこか崩れた感じが漂っている。

「いやあ、ひでえ雨だぜ」

若い男は笠のしずくを払い落としながら、茶店の客をひととおり見回し、奥にいたおやじに向かって大声で言った。

「ところで、おやじよう、面白《おもしれ》え話を聞いたんだけど、知ってるかい」

「面白え話だって?」

茶店のおやじは急な寒さで関節でも痛むのか、縁台《えんだい》に腰かけたまま膝をこすりながら、不機嫌そうに訊いた。

「そうさ。あの有名な剣豪、宮本武蔵《みやもとむさし》の剣の奥義《おうぎ》を会得した猿がいるって話だよ」

茶店の中にいた旅人たちは、いっせいにこの若い男のほうを見た。男は視線を集めたことでさらに得意になったらしく、

「猿がだぜ、猿が武蔵の剣だぜ」

と、繰り返した。

「なんだ、それは。初めて聞いたな」

「この先の二股にわかれる道を城下とは別の方角へ一里《り》(およそ四キロ)ほど行ったあたりに、竹井《たけい》道場という剣術道場があるのを知ってるかい」

「二カ月ほど前にできた道場だろうよ」

「そうよ。そこで飼われている猿なんだがよ、これがあの宮本武蔵が飼っていた猿で、見よう見真似で、武蔵の剣の型《かた》を覚えちまったらしいんだよ」

「へっ、大方、猿真似で棒っきれを振り回すだけのこったろうが」

茶店のおやじは馬鹿ばかしいといったように顔をしかめた。

「それがそうでもないんだとよ。よほど武蔵が念を入れて教えこんだらしく、型は武蔵そっくり。しかも、立ち合いまでやるというじゃねえか。猿のくせに下手な侍よりも強いんじゃねえかなんて言うやつもいるほどさ」

若い男は、茶店の中にいたうす汚れた浪人者ふうの侍をチラッと見て言った。

口をはさんだのは、商家の手代ふうの旅人だった。

「そいつぁ面白えや。江戸に持っていって見せ物にでも出せば、ずいぶんと金が儲かるんじゃねえのかなあ」

「そうだろ」

と若い男がそれに答え、

「だがよ、道場主の竹井ってのがよほど大事にしてるらしくて、まあ、絶対に譲ってくれたりはしねえそうだがよ」

「そいつは惜しいなあ」

旅人が真顔でほかの客を見まわすと、何人かは同感だというようにうなずいた。

「面白え話ってのはそんなとこだ。おやじ、この茶店のみやげ話にでもして、どんどんしゃべってやったらいいさ」

若い男はそう言って、雨の中をもと来た方角へと引き返していった。

なんとも奇妙な話であった。

宮本武蔵とは――。

言うまでもなく、その名を天下に知られた剣豪である。二刀流を用い、晩年には自ら二天一流《にてんいちりゅう》と称した。二天とは日と月を示し、その二つの天を一つに成す、すなわち兵法《へいほう》においては陰《いん》と陽《よう》はわかち難きもの、という意味が込められているという。

しかし、その武蔵は、この年から四年前の正保《しょうほう》二年（一六四五）に、肥後熊本《ひごくまもと》の地で病没しているのだ。享年六十二であった。

その武蔵の剣を体得した猿が、四年もたってから、なぜこの武州《ぶしゅう》川越くんだりにあらわれなければならないのか。なにやら見せ物小屋の演《だ》し物《もの》の由来のようにいかがわしく、判然としない話だった。

「おやじ。いまの男はこのあたりの者か」

と訊いたのは、茶店の中にいたただひとりの侍だった。

総髪《そうはつ》の三十歳くらいの侍である。一瞥《いちべつ》して浪人者とわかる風体《ふうてい》だが、切羽詰《せつぱ》まった印象はない。眉が八の字に下がっているせいもあってか、どことなく暢気《のんき》そうで、あくびを我慢しているような面持《おもも》ちでもある。

「いや、見かけない男だなあ」

「ふうむ。わざわざ雨の中を噂を広めにやってくるとは、変わったやつだなあ」

侍の口調はのんびりしている。春風駘蕩《しゅんぷうたいとう》といったおもむきである。

「だが、たしかに面白い話ではあるなあ」

「そうかね。おらには、馬鹿ばかしい与太話《よたばなし》にしか思えねえがな」

と、茶店のおやじはそっぽを向いた。

「この先の二股の道を、城下とは別の方角へ一里とか言っておったのう」

「左の方角でさあ。真新しくてたいそう立派な道場だから、すぐにわかるわ」

「行ってみようかのう。どうせ、急ぐ旅ではないし」

「ふん。どうぞ、ご勝手に」

おやじのそっけない口調に気を悪くしたふうでもなく、総髪の侍は一つ伸びをするとゆっくりと立ち上がった。

すると、侍の出発を待っていたかのように、降りつづいていた雨がサッと上がり、雲の切れ間から明るい初夏の光がいくつかの筋となって差してきた。

侍が歩き出すと、茶店のおやじや旅人たちは、いっせいに首をかたむけ、口調のわりには快活な足取りの後ろ姿を、呆れたような顔で見送った……。


いざ雨が上がると、たれこめていた雲の層はどんどん東の空へ流されてゆく。眩しいくらいの日差しがあたりに満ち溢《あふ》れる。正体をあらわしたのは、まさに初夏の風薫《かお》るといった日柄だった。

緑色に波打つ水田にはさまれた道を、侍はのんびりと歩いていく。

二股の道を左に折れ、確かに一里ほど行ったあたり。小高い丘の中腹に、剣術道場らしき建物があらわれた。

まだ建てられてまもないらしく、木の香が漂ってくるようである。しかも、茶店のおやじが言っていたように、鄙《ひな》には意外なくらい広壮《こうそう》な造りでもある。

「ほう……」

侍は感心したような声を上げると、坂を登って道場の門をくぐった。

道場は門の左手に面し、玄関をはさんで右手に母屋《おもや》がつくられているらしい。侍は格子《こうし》窓から道場のようすをのぞいた。

十二、三歳ほどの少年たちが四、五人、掛け声とともに木刀を振っている。相手をしているのも、まだ少年の面影が残る十五、六の少年である。

道場主がいないことを見てとって、侍はあらためて玄関先で訪《おとな》いを入れた。

「お頼み申す」

「はいっ」

右手の奥からかわいらしい声がして、七、八歳ほどの少年が顔を出した。

「なんでしょうか」

「旅の武芸者だが、竹井先生にお目にかかりたいのだがのう」

少年はつぶらな瞳で侍を見つめると、小さくうなずき、奥に入っていった。

しばらくして、少年は戻ってくると、

「お上がりください」

と、侍を奥へ案内した。

少年は廊下を案内するあいだ、横から侍を興味深げに見つめている。その眼差《まなざ》しがいかにも好奇心に富む少年の愛らしさで、侍は片頰に苦笑をにじませた。

奥の座敷に入ると、一目で道場主とわかる男が腰を下ろしている。歳の頃は六十なかばほどであろう。髪はだいぶ薄くなっている。頑固《がんこ》そうではあるが、そのじつは好人物といった風貌である。

だが、侍を見たその目には、強い緊張と警戒心とがうかがえた。

「ふいにお訪ねして申し訳ござらぬ。拙者、武芸の修行のため諸国を旅しておる望月竜之進と申す者」

「望月どの？　佐々木《ささき》どのではござらぬのか？」

道場主は鋭い口調で訊いた。

「佐々木？　いや、望月と申す」

道場主の顔にいくぶん安堵《あんど》の表情が浮かんだ。

「して、なんのご用で？」

「じつはこの先の茶店で、こちらの猿の噂を聞きましてな」

「ただの噂でござる」

道場主は吐き捨てるように言った。

「なんでも、宮本武蔵の剣の奥義を真似るという……」

「そのようなことはござらぬ。では、お引き取りいただこう」

いったんは奥に通したくせに、ひどくつれない。

「いや、猿というのは意外にかしこい獣《けもの》ですから、一目なりとも会わせていただけませぬか」

「おことわりいたす。さ、お引き取りを」

取りつく島もない。

望月竜之進という侍は、こめかみのあたりを掻《か》きむしると、仕方ないといったふうに手元に置いた刀を取って、立ち去ろうとした。

そのとき——。

「その、鍔《つば》の模様は……」

道場主の視線が竜之進の刀の鍔にそそがれている。

満月と雲をあしらった模様である。望月という名にちなんだ意匠《いしょう》であるのだろう。

「あ、これは亡父のかたみでござる」

「亡父のかたみ……。さきほど、望月竜之進どのとおっしゃったが、もしや東軍流を遣われた望月源七郎《げんしちろう》どのの……」

「ああ、倅でござる」

その返答を聞いて、道場主の表情が一変した。

「これはこれは、望月源七郎どののご子息でござったか。いやあ、奇遇だのう！」

二

待遇はまるでちがってしまった。

「娘が出かけていて、ろくなもてなしはできぬが……」

と言いながらも、酒まで持ってきて、盃をかわし合うことになった。

なんと、この道場主である竹井長右衛門《ちょうえもん》と、望月竜之進の父である源七郎とは、大坂冬の陣、夏の陣の二つの合戦において、同じ徳川《とくがわ》軍の釜の飯を食いつつともに戦った仲であったという。そればかりか、

「わしの東軍流も、源七郎どのによって磨かれたようなもの」

というほど、親しくまじわったそうなのである。

「そうか。亡くなられたのか」

「ええ。もう、だいぶ前になります」

「それで、竜之進どのも東軍流を？」

「いや。じつは三社《さんじや》流と称する新しい流派をひらきましてな」

竜之進は照れ臭そうな顔で答えた。

「ほほう、三社流とな」

三社流は、やはり剣客であった亡父がつねづね語っていた、

「立ち合いというのは、そうそう都合よく一対一になどならぬもの」

とか、

「道場の剣法は実戦とは別のもの」

といった言葉を礎《いしずえ》にして、竜之進が新しくつくり上げた流派である。構えも打ち込みも三人を相手とするのを基本とする。だから、三社流とはすなわち三者流なのだが、この新流派に多少ともはったりを利かせるため、三つの神社に願《がん》をかけたからと称していた。

「それはそうと、竹井さま。あの噂になっている猿について、お聞かせ願えませぬか」

「ああ、あの猿はのう……」

竹井長右衛門は、一度、咳払いをして改まった口調になり、猿の素姓から語り

出した。

「宮本武蔵が晩年、海に面した霊巌洞《れいがんどう》という洞窟に籠《こ》もったことはご存じか？」

「いや。拙者は武蔵どののことはいっこうに存じ上げませぬ」

「なに、わしだって一面識もないのだ。だが、武蔵がその霊巌洞に籠もって座禅などを組み、剣の修養をつづけておったとき、一匹の猿がしばしば姿をあらわすようになった。この猿がなかなか賢い猿で、いつしか武蔵の動きを真似るようになったそうな」

「ほう」

「武蔵の強さは世に広く喧伝《けんでん》されたとおりであったらしいが、ただ、弟子を育てることはうまくなかった。教え方が厳しすぎたし、加えて教示の言葉がまるで禅問答のようにわかりにくかったためでもあるらしい」

竜之進は深くうなずいた。

そもそも剣の神髄を他人につたえるというのは容易ではない。竜之進自身も、亡父の門弟を大勢受け継いだが、あまりにも厳しい鍛練に一人残らず逃げ出されてしまっていた。

「そうした不満を持ちつつ孤独に剣理《けんり》を究めようとしていた武蔵にとって、この猿はたいへんにかわいいものに思えたらしい。やがて型を真似させるばかりでなく、立ち合いの習練《しゅうれん》までさせるようになっていったのだ」

「立ち合いまで……」

「だが、そのうち武蔵の病は悪化し、細川《ほそかわ》公から居宅としていただいていた千葉《ちば》城へ戻り、ついにこの城で亡くなられた。このとき、猿もいっしょに千葉城へ連れていかれていたのじゃ」

「その猿がなぜここに？」

「うむ。その後のいきさつはいくつかの曲折《きょくせつ》を経るのだが、つまりは江戸在勤中の藩主にご高覧《こうらん》いただこうと連れてきたが、藩主はこの猿を武蔵の剣を冒瀆《ぼうとく》するものと感じられ、眉をひそめられた。ために、江戸家老同士のつきあいがあった当藩に譲り渡され、わしが道場を開いたのを機にこれをお預かりする羽目《はめ》になったというわけなのだ」

　竹井長右衛門の言葉の終わりには、いらぬものを預かってしまったと悔やんでいる気持ちがうかがえた。

「このため、むやみに粗末にすることもできぬし、もちろん見せ物のようにしてひけらかすこともできぬ。出回ってしまった噂は仕方ないにせよ、弱ったものだと思っておったところなのだ」

　これで、猿がこの道場にやってきたいきさつは聞き終えたわけだ。

「なるほど、そのようなことでございましたか……」

「いまのところは、先ほど案内した太吉《たきち》と申す子供に面倒を見させておる。あの子は近くの百姓の倅なのだが、利発《りはつ》なので、この家の手伝いをさせることにしているのだ」

　竜之進は、愛らしい少年の顔を思い出して納得した。

「まあ、わしとしては、なにごともなく早く天寿《てんじゆ》を全《まつと》うしてくれたらいいのだが、あの猿めがまたやたらと飯を食って、丈夫な猿でのう。すでにかなりの老境に入っているはずなのだが、いっこうにくたばる気配も見せぬのだわ」

「とりあえず、その猿を一目、見せていただけませぬか」

　ここまで話を聞いたら、見ずにはいられない。竜之進は竹井長右衛門を急《せ》かした。

「うむ。では、裏へ回ってもらおうか」

　竹井は盃を伏せ、太吉の名を呼びながら立ち上がった。

その猿は、裏庭に面した粗末な小屋の中で飼育されていた。

太吉が首に回した紐《ひも》を引いて、外へと連れ出してくる。

「これが二天一流の極意を会得した猿でござるか」

竜之進は正面から猿を見据えた。

巨大な老猿である。これほど身体の大きな猿は、竜之進も見たことがない。武蔵が気に入ったのは、この堂々たる体軀《たいく》のせいもあったのだろう。背を伸ばして立つと、四尺（およそ一・二メートル）ほどある太吉の目の高さあたりまであった。

顔つきもまた、じつにふてぶてしい。片頰がちょっとひん曲がっていて、それがなにやら人を小馬鹿にしたようで憎たらしかった。

「それで、二天一流の剣は？」

竜之進が訊いた。

「いったん持たせると、取り戻すのがやっかいで、あまりやらせたくはないのだが」

と言って、竹井長右衛門は太吉に木刀を渡すよう命じた。

猿に大小二本の木刀が手渡された。いちおう猿に合わせて、握りはいくぶん細く、短めになっている。しかし、撃たれたら人でも相当な痛みを覚えるはずだった。

猿はそれを受け取ると、すぐに背筋を伸ばし、真っ直ぐこちらを見た。なかなかどうして、見事な構えだった。

木刀を軽く握り、左右とも地に対して斜めにおろしている。腰は折り、自然体ながら、次の動きに打って出る溜《た》めのような力が満ちている。

「ほほう」

竜之進は頰に笑みをにじませた。

猿は表情さえ一変させ、澄んだ大きな目で、真ん前に立った竜之進の動きを見計らっているようでもある。

試しに——。

竜之進は刀にそっと手を添え、腰をかすかに低く落とした。

すると猿は、右手に持っていた大刀のほうをわずかに外に開くようにした。こちらの動きに対応した、と見えなくもない。

「竹井さま。この猿と立ち合ったことは？」

竜之進は構えを崩さないまま、竹井長右衛門に訊いた。

「猿と立ち合い？」

竹井は苦笑した。

「いやいや、そんなことは……」

馬鹿らしくてできぬと言いたいらしい。

「まさか、望月どの。猿の向こうに、不世出《ふせいしゅつ》の剣豪の姿が見えるとでも？」

「竹井さまは？」

「わからぬのだ。そう思って見ればそのような気もしてくるが、しかしそれは、単に見えない武蔵の影に惑わされているからと思えなくもない」

「なるほど」

竜之進はうなずいただけで、おのれの気持ちは述べなかった。

刀から手を離し、姿勢を戻す。すると、同様に猿も木刀の位置を戻し、前と同じ構えになっていた。

竜之進と竹井長右衛門は、ふたたび母屋の座敷へと戻った。

「まあ、わしにとってあの猿はたいそうな厄介者《やっかいもの》ではあるが、噂もそのうちおさまるだろうし、気長に老衰でも待つかと思っておったのだ」

「それがよろしいでしょうな」

竜之進も同意した。

「ところがの、ちょうど昨日のことよ。とんでもない手紙が届けられたのじゃ。なんと、この猿を親の仇《かたき》として討ち果たしたいという奇妙な文面じゃった」

「親の仇に猿を討つですと？」

「わしも剣を学んだ者ゆえ、負けて死ぬのは覚悟の上だったが、よもや、こんな途方もない申し出に巻き込まれるとは思いもよらなんだわ」

竹井はそう言って、床の間の棚から手文庫《てぶんこ》を持ち出し、中から手紙を取り出した。

その差し出し人の名を見て、竜之進は目を剝《む》いた。そこには、

「巌流《がんりゆう》が一子　佐々木安次郎《やすじろう》」

と、記されてあったからである。

三

望月竜之進は、この道場にしばらく滞在することになった。

若くて腕の立つ子弟が大勢いたなら、竜之進も余計なお節介《せつかい》をするつもりはなかったろう。だが、この道場は竹井長右衛門が老いの無聊《ぶりよう》をなぐさめるために開いたもので、子弟として通っているのはほとんどが百姓や町人の倅の、それも十五に満たない子どもばかりであった。

手紙の主は、猿を斬ると言っている。

しかし、竹井としてはおいそれと斬らせるわけにもいかないだろう。当然、争いごとに発展する可能性は大きい。

竜之進は、亡父の友人でもあり、すでに六十もなかばほどに達した老剣客の危難を見過ごしにはできなかった。

本来なら、すでに藩の重役として竹井家の家督《かとく》を継いでいるという息子にでも相談すべきなのであろう。しかし、竹井長右衛門は息子と折り合いでもよくないのか、話を持っていくつもりはまったくないらしかった。

「万が一のため、その佐々木安次郎とやらがあらわれるまで、ここに滞在させていただいて構いませぬか」

竜之進がそう申し出ると、

「おお。それは心強い」

と、竹井長右衛門も虚勢を張ることなく、この申し出を受け入れたのだった。

佐々木巌流こと小次郎《こじろう》とは——。

宮本武蔵との決闘でその名を知られた剣豪である。四尺をゆうに超したという長太刀をつかい、〈燕《つばめ》返し〉なる秘剣を得意としたらしいが、武蔵に敗れ、命を落とした。世に知られる巌流島《がんりゆうじま》の決闘である。

しかしそれは、武蔵もまだ若く、慶長《けいちょう》年間のできごとであったというから、このときから三十数年も前のことである。とすれば、その一子たる安次郎とやらも、少なくともすでに四十近くにも達しているだろう。

そのような齢《よわい》の男が、三十数年間も遺恨《いこん》を持ちつづけ、当人ではなく、武蔵の剣を真似するだけの猿に仕返しをしようなどと思うものだろうか。

仕返しをするなら、四年前までこの世にあった宮本武蔵本人にすればいいのであって、その武蔵に巌流の息子が挑んだなどという話は聞いたこともなかった。

その手紙とは、こんな文面であった。

積年の恨み。

親の仇、憎き宮本武蔵。

たとえ畜生といえども、その剣を受け継ぐ者。

斬らずにおられようか。

武蔵の剣は策略の剣。卑怯《ひきょう》の剣。

その心根、必ずや猿にも伝わりたるはず。

真っ二つにすべきものなり。


最初、一読したときは、竜之進は苦笑を禁じ得なかった。

竹井長右衛門も、他愛のないいたずらと思う気持ちもあるようだが、ただ、竜之進が気になったのは、その手紙に奇妙な執拗《しつよう》さと強い悪意が感じ取れたことだった。

佐々木巌流の息子を騙《かた》った者のしわざにせよ、このままなにごともなく終わりそうな気はしなかったのである。

道場の隅で、子どもたちの稽古をぼんやりと眺めていると、

「望月さま。昼餉《ひるげ》のしたくができました」

と声がかかった。

振り向くと、美代《みよ》が微笑んでいた。

竹井長右衛門の娘である。昨日、この道場にやってきたときは外出していて留守だったが、夕刻になって帰ってきた。もしも、この娘が屋敷にいたとしたら、ここに滞在させてくれとは言い出しにくかったかもしれない。

年頃の美しい娘だった。

竹井長右衛門とはまるで似ておらず、背丈も高く、色も白い。切れ長のすずやかな目がひどく印象的だった。

ただ、美しい娘にありがちで、やや気難しい性格なのか、竜之進が滞在することを告げると、横を向いて眉をひそめたものだった。

しかし、竹井に万が一のことがあれば、この娘はどんなにか悲しむことだろう。嫁入り前にして、孤独の身にもなるだろう。この娘のためにも、竹井の危難をかわしてやりたいと、竜之進は思った。

昼餉の雑炊《ぞうすい》がすでに椀に盛られていて、竜之進は竹井と差し向かいで箸を取った。

「今日あたり、来ますかな？」

美代が下がっていったのを見て、竜之進は訊いた。

「さて、どうかな。来るなら早く来てもらいたいものだ。このような面倒ごとを抱えて暮らすのは鬱陶《うっとう》しい」

竹井は気重そうに言った。

座敷の障子戸は開けはなたれていて、昨日、竜之進が歩いてきた道もまっすぐ見通せる。

よく晴れていて、彼方《かなた》から渡ってくる風が、稲葉の波となって輝いていた。だが、竜之進は景色を眺めるふうではない。双の目が、真ん中に寄ってきている。この男をよく知る者がいたら、なにか深い考えごとにふけっているのだと察しがついたであろう。竜之進が思案するときの癖のようなものだった。

やがて、雑炊を二杯、ゆっくり食べ終えた竜之進は、

「竹井さま。いま、ちょっとした計略《けいりゃく》を思いつきました」

「計略とな」

「拙者が猿と勝負をいたしましょう」

「なんと……」

呆れ顔の竹井長右衛門に、竜之進はその思惑を説いた。

「このあたりの村人を呼んで、その前で猿と拙者が正式な試合をおこなうのです。

藩内に差し障りがあるなら、昔なじみの倅のたっての頼みで、竹井さまは仕方なく承知したということになされればよろしいでしょう」

「なあに藩への言い訳などはどうにでもなる。幸い大坂の役における功労が大きかったため、わしはかなりのわがままも許される。して、それから……?」

「そこで拙者が猿を打ちのめします。もちろん、死なない程度にですが。それで、いくら武蔵の剣を真似するといっても所詮は猿、という評判が広まるでしょう。佐々木安次郎とやらも、その評判を耳にするにちがいありませぬ」

「だろうな……」

「そうなったら、わざわざそんな猿を斬りに来るなどというのは武士の名折れ。巌流の名声も地に落ちるでありましょう」

「なるほど、それでここに立ち寄ることも諦めるだろうと……」

竹井長右衛門は小さく何度もうなずいた。

「いかがでしょうか」

「妙案かもしれぬな」

こうして、二天一流の猿と三社流望月竜之進が、翌日の正午に、この竹井道場において正式の立ち合いにおよぶことになったのである。

四

翌日——。

竹井道場のまわりは、押すな押すなの大盛況であった。

活発な年頃の弟子たちがふれ回ったこともあって、近在一円の百姓や城下の町人たち、さらには物見高い城下の武士までも大勢集まってきた。その数はざっと百人。道場の中にはおさまり切れず、窓から突き出された鼻づらで、道場内の光が乏しくなったほどだった。

だれもがいったいどのような勝負になるのかと、興味津々《しんしん》といった顔つきであったが、ひとり竹井の娘の美代だけが、不機嫌そうな面持ちだった。

美代は昨日、この話を聞いたときも、

「猿と立ち合うなど、立派な武士のなさることではありますまい」

と気色《けしき》ばんだのである。

「責めも嘲笑もすべて、この望月竜之進が背負うこと」

と、竜之進はどうにかこの立ち合いを承知させたのだった。

その美代はかたちのいい眉をひそめたまま、道場の隅に座っている。

そして正午になって――。

道場内に、あるじの竹井長右衛門と望月竜之進があらわれ、すぐに太吉に首の紐を引かれた巨大な猿がやってきた。

道場のうちそとで、笑いやどよめきが起きた。

「おお。あれが噂になっていた、武蔵の剣を会得した猿かいな」

「なんともでかい身体と、ふてぶてしい面をしてやがるでねえか」

「だが、所詮は猿だ。勝負にはならんだろ」

「いや。なにせ、剣聖とさえ言われた武蔵直伝の剣だ。わかるもんか」

「侍に米一升」

「猿に一升」

賭けまで始める輩《やから》も出てくる始末だった。

やがて、竹井長右衛門がよく通る声でこの勝負のいきさつを語り出した。

「ここにおられる望月竜之進どのは、三社流という流派の開祖として、日夜、新しい剣法の完成に腐心《ふしん》なさっておいでである。その望月どのが、武蔵の剣を学んだ猿がいるという噂を聞き、わざわざ当道場まで足を運ばれた。しかも、見るばいる。

かりでなく、立ち合いまで希望なされたのだ」

竹井が話すあいだ、猿は落ち着きなくキョロキョロとあたりを見回している。

こうしたようすを見れば、どこにでもいる猿となんら変わりはなかった。


一方の竜之進はというと、猿のようにあからさまに視線を這《は》い回らせることはなかったが、見物人の顔をゆっくりと眺め渡していた。そして、竜之進の視線が止まった。その先にいたのは、一昨日、街道の茶店でこの猿の噂をふれ回っていた若い男だった。

その若い男がとなりに立った侍に話しかけるのも見た。侍はすでに五十近いのではないか。いかにも浪人者といった風体は竜之進と似ていなくもないが、ただこちらは竜之進とちがってひどく顔色が悪い。

このふたりをさりげなく見つめるうち、またも竜之進の双の目が真ん中に寄っていた。

竹井長右衛門の声がさらに高くなる。

「若き剣客のたってての願いゆえ、わしもこの申し出を引き受けることにした。ついては、近在で噂になっているこの猿を一目見たいと思う方も多いだろうと、こうして見物を許した次第である。このいささか変わった立ち合いを、存分に見物なさっていかれるがよい」

竹井はもう一度、あたりを見回して、

「では、立ち合っていただこう。かたや二天一流の猿。こなた三社流望月竜之進どの」

猿に大小の木刀が渡される。いや、猿だけではない。望月竜之進のほうも、大小二本の木刀を受け取った。これはつまり、二刀流対二刀流ということである。

どよめきはさらに大きくなった。

「勝負は一本。のちに遺恨を残すことはあいならぬっ」

まさか、猿が遺恨を抱くこともないだろうが、望月竜之進はうなずいて頭を下げた。

すると、小癪《こしやく》にも猿も真似たように頭を下げたので、微苦笑があちこちに満ちた。

「では、まいるっ」

先に竜之進が一歩、踏み出した。木刀はともに下段に構えたままである。

猿は同じ位置のままだが、木刀を握った両手に軽く力が入るのがわかった。

睨《にら》み合う猿と剣客。

これが絵にでも描かれた図柄であれば、笑いを誘うところであろうが、いま、このとき笑いを浮かべる見物人はいなかった。こうして猿と剣客が立ち合いのかたちで向かい合うのを目《ま》の当たりにすると、その異様さばかりが際立つのだった。

睨み合いはしばらくつづくかと思われたのだが——。

先に動いたのは剣客のほうであった。

二刀を頭上で交差させるようにすると同時に、軽く右へまわりこみ、

「てやーっ」

激しく道場の床を踏んで、右の大刀を猿の左胴あたりに叩きこんでいった。

そのとき、猿は左手の小刀を剣客の木刀に合わせるように走らせながら、大きく宙を跳んだのである。

思いがけぬ跳躍だった。軽々とした身の動きだった。

猿はその勢いで、いっきに竜之進の肩先まで進出し、右手の木刀を竜之進の脳天へと撃ち下ろしたのである。

カーン。

と、木刀が床に転がる音がした。

道場のうちそとではどよめきもなく、見物人たちはいちように呼吸することさ

え忘れてしまったようだった……。

五

「わしならば、あの場ですぐに切腹しておるな」

と竹井長右衛門は、竜之進の顔を見ようともせず、吐き捨てるように言った。

「いや、わしばかりではあるまいっ。武士としての矜持《きようじ》があれば、あのような恥辱に耐えることができようか。しかも、まがりなりにも一派の開祖を自称する者ではないか。それが、いくら武蔵の手ほどきを受けたとはいえ、猿に一本取られるなどとは……」

竹井は言葉を重ねるほど怒りがつのるらしく、ときおり握った拳を激しく震わせた。

竜之進はというと――。

縁先に座り、冷やした手拭いを頭に当てながら小さくなっている。

そのわきでは、美代が手桶に別の手拭いをひたしながら、手で口をおさえている。

「そのように小さくならずともよろしいですのに」

「いやなに、同じ負けるにしても、もう少し恰好のつく負け方もあったかなと……」

小さくなっているわりには、さほど悪びれているようにも見えないのは、この男の人柄というべきなのか。

「一本勝負ではなく、三本勝負にしておけばよかったですわね。でも、二本取られたら、もっと……」

美代はそこまで言うと、またプーッと吹き出した。これで何度、吹き出したか、数え切れないほどである。

このたびの立ち合いについては色をなして反対した美代であったが、あまりにも呆気《あっけ》なく猿に敗れたもので、むしろ爽快な気分でも感じているのかもしれなかった。

竹井はそんな美代の上っ調子を苦々しげに見やると、

「これではあの猿の評判も、武蔵の威光も、ますます高まるであろうな」

と精一杯の厭味《いやみ》をこめて言った。

「まったくですな」

竜之進はひとごとのようにうなずき、

「かくなる上は、その佐々木安次郎の相手は拙者がつとめましょう」

「ふん、そなたがのう。猿に負けたそなたが、巌流の息子の相手を……」

竹井長右衛門はまだぶつくさ言っている。

しかし、竜之進はそのつぶやきを無視して、ふいに立ち上がった。

縁先から庭に下り、土手のはしまで行く。ここから、町へ戻っていくさっきの見物人たちの姿が見えることに気づいたのである。

目を細め、先程、道場で見かけた侍たちを探しているらしい。しかし、人の流れの中にさっきのふたりは見当たらなかった。

ふと気づくと、太吉少年がそばにやってきていた。

「いよう、太吉か。そなたのお父も来ていたのか」

「うん。猿より弱い三社流かって言ってたよ」

「たはっ。そいつはひどいのう」

「でも、おじちゃんも二刀流だったんだね」

「いやまあ、一刀流もできるのだぞ」

竜之進は太吉の肩を叩いて言った。

「ふうん。でも、二刀でも猿より弱いんだから、一刀だったらもっと弱いんだろうね」

「うっ」

竜之進は苦笑するしかない。


竹井道場の前の道を、川越城下に向かわず反対の東の方向に二町《ちよう》（およそ二一八メートル）ほど行ったあたりである。魚のかわりに化け物でも泳いでいそうな池の畔《ほとり》に、くずれかけたお堂があった。

このお堂に竹井道場からの道をたどって、ふたりの男がやってきた。

ひとりはまだ十七、八になったかどうかという若者――竜之進が雨の茶店で会い、先程も道場の外から立ち合いを見つめていた男である。

そしてもうひとりは、その若い男とともにいた五十がらみの侍だった。

このふたりが池の畔をめぐってお堂に近づくと、ふいにお堂の扉がぎしぎしと音を立てて開いた。中から二十代前半とも見える、整った顔だちだが頬に傷のある男が顔を出し、

「やあ、先生。いかがでした」

と声をかけた。

先生と呼ばれたのは、五十がらみの侍である。

「うむ。面白い見せ物だった」

侍はそう答え、用心深くあたりをうかがいながら、お堂の中へ入った。

ふたりの帰りを待ちかまえていたらしい頰に傷のある男が、すぐに訊いた。

「もちろん、勝ったのは望月とかぬかす侍のほうだったのでしょう?」

答えたのは、いきがったふうの若者のほうだった。

「それがよう、梅次《うめじ》兄ぃ。その侍は、あっという間に猿に一本取られやがったのさ。とんだお笑い草だぜ」

「与助《よすけ》の言うのは本当ですかい、先生」

いきがった若者の名は与助、頰に傷のある男は梅次というらしい。

「うむ。まことだ。わしにも思いがけないことだったが」

「けっこうなことじゃありませんか。その望月てえ侍の考えた計略を聞いたときは、先生が佐々木巖流を持ち出したのはしくじりかと思いましたが、かえって猿を狙う大義名分もふくらんだというもので」

と、梅次兄ぃと呼ばれた男が言った。

「それで、お目当ての竹井の爺《じじ》ぃもバッサリやれるってわけだね、兄ぃ」

梅次と与助は顔を見合わせてにんまりと笑った。

だが、先生と呼ばれた侍は、青白い顔に思索《しさく》ありげなかげりを漂わせながら、

「しかし、いくら武蔵の手ほどきを受けたとはいえ、猿がそれほど強くなれるのであろうか。武蔵というのは、それほどに凄《すさ》まじい達人だったのか……」

とつぶやいた。

それを聞いた梅次と与助は顔を見合わせたが、

「なあに、その望月という野郎がよっぽど弱かったのでしょうよ」

梅次が整った顔に酷薄《こくはく》そうな笑いを浮かべて、そう言った。

「であろうな。やつも二刀流をつかうらしいが、そもそも二刀流というのは、武蔵のような並外れた腕力の持ち主だけができること。一刀よりもずっと弱くなるものだ」

「竹井の道場にやってきたのが、そんなまぬけな野郎でよかったじゃねえですか」

「うむ。それはまあそうだが、しかし……」

この顔色の悪い侍は、なにかすっきりしない気持ちが残るらしい。

「先生。なんですかい。その望月ってのが、わざと負けたとでも？」

梅次は少し苛立たしそうに訊いた。

「いや。かりにも剣客を名乗る者が、あれほどの見物人を前に、わざわざ恥をさらすようなことをするはずはあるまい。だが、なにかしっくりこないのだ」

「先生」

と梅次が侍を見た。

「む？」

「先生はやはり、武蔵のまぼろしを背負っておいでだから、その立ち合いのなりゆきに気持ちが乱れたんでしょう」

「……」

「先生。どうせなら、巌流などではなく、このさいほんとの仇討《あだう》ちもかねて、吉《よし》岡《おか》を名乗ったほうがよかったんじゃねえですかい」

「馬鹿を申せ。猿など斬るのに、吉岡の名がつかえるか」

と、侍は怒りをあらわにしたが、すぐに気を取り直してぼそりと言った。

「梅次。やはりあの望月という男は、道場から追い払っておいたほうがよいかもしれぬ」

「そうですか。まあ、先生がそうおっしゃるなら、そうしましょう。あの侍を追い払うのは、わけもねえこってすからね……それにしても、先生は慎重だ。吉岡道場の剣法というのは、それほど慎重なんですかい」

梅次の言葉には、かすかな侮蔑《ぶべつ》が感じられた。

「いや。父の清十郎《せいじゅうろう》も、叔父の伝七郎《でんしちろう》も、それがなかったため、武蔵の策略に敗れた。この仁十郎《じんじゅうろう》は、その轍《てつ》は踏むまいと思っているだけだ」

どうやらこの佐々木巌流の倅を騙った男は、洛北蓮台野《れんだいの》において宮本武蔵に敗れた吉岡清十郎の倅であるらしかった。

宮本武蔵と吉岡一門との対決は、巌流島の決闘とならんで、武蔵の武勇伝を代表するものとして知られる。当時、まだ無名の剣客だった武蔵は、京都の兵法界に君臨していた吉岡道場に狙いをつけ、洛北蓮台野で吉岡清十郎、三十三間堂《さんじゅうさんげんどう》で吉岡伝七郎、一乗寺《いちじょうじ》下り松《さがりまつ》で残る一門の弟子たちを次々と討ち破り、その名を天下に知らしめたのである。

吉岡清十郎が武蔵に斬られて死んだのは慶長九年（一六〇四）のこと。このときから四十五年も前のことであり、仁十郎に当時のさだかな記憶があるはずもなかった。

梅次はそんな吉岡仁十郎を横目で眺め、こうつぶやいた。

「じゃあ、ひとっ走りして、望月とやらを追い払う算段をしてくるとしようか」


「望月さま」

竜之進が庭の隅に腰を下ろしていると、後ろから美代が声をかけた。

「おう、美代どの」

振り向いた竜之進の顔に、まるで屈託《くったく》はない。猿に敗れた恥辱など、半日で忘れたような暢気な顔だった。

「先程まで出かけられていたようだが」

「ええ。ちょっと所用がございまして。それよりも望月さまとお話ししてもよろしいでしょうか」

「拙者と話？　なんなりと」

「望月さまって、本当に面白い方でいらっしゃいますね」

「面白いかのう」

「はい。父がこう申しておりました。竜之進さまのお父上の源七郎さまという方も奇矯《ききょう》なところがおありだったが、倅のほうはもっとわけがわからんと」

「たはっ……。お父上はこの道場の剣まで辱められた気がして怒っておられるのだろうな。すまぬことをしたとは思っておるのだが」

美代はあわてて首を振り、

「そんなこと、気になさらなくてもよろしいのですよ。それより、望月さまも、やはりどこかの藩に仕官《しかん》をお望みなのでしょうか」

「仕官とな。いや、そのようなこと、思ってみたこともない」

「まあ。では、なんのために、剣など学ぶのでしょうか」

「なんのため?」

「ええ。剣の修行などつらいものでございましょう。仕官の目的がないなら、なんのためにわざわざつらい剣の修行などなさるのですか?」

美代が笑みをたやさぬまま訊いた。

竜之進は、その答えが恥ずかしいものであるかのように、頭をかき、

「一つには単なるいきがかり。おやじが剣客だったからだろうな」

「ほかにもあるのですか?」

「うむ。それともう一つは、悪人どもを懲《こ》らしめてやりたいためかな」

竜之進がそう言うと、美代はのけぞって、華やかな笑い声を上げた。

「おっほっほ……やっぱり変わったお方ですのね、望月さまって」

「変わってるかのう」

「変わってますよ。それじゃあ、もしかしてあの猿に負けたのは、猿は悪人じゃなかったからかしら」

美代の冗談に竜之進はニヤリとして、

「美代どのはなかなか鋭いのう」

「おっほっほ」

美代がもう一度、笑い声を上げたとき、

「ウォッホーン」

わざとらしい咳払いがした。

竜之進と美代が振り向くと、座敷の縁で竹井長右衛門がこちらを睨んでいた。

恐ろしいほどの目つきだった……。


翌朝――。

竜之進が朝餉の席に着くと、給仕をしていた美代が、

「あ、そうそう」

と言って、台所にもどり、小鉢をひとつ持ってきて、竜之進の前に置いた。

「いただきものの山菜があったのを忘れておりました。とってもおいしいんですよ」

小鉢は一つだけで、竹井長右衛門の前には置かれない。

竜之進が上目づかいに竹井を見ると、ふんとそっぽを向いた。

「望月さま、今日はどうなさるのですか」

と美代が訊いた。

「どうなさる？」

「ええ。一日中、来るか来ないかわからない男を待つのも退屈でございましょう。この先の柳瀬川《やなせがわ》は魚がよく釣れるとか聞いております。あそこなら道を通る人もわかりますし、待ちながら釣りでもなさってはいかがですか」

「おお、釣りとのう」

「今日はいい天気ですし。わたくしも片付けものがすんだら、のぞきにまいりますわ」

美代がそう言うと、案の定、竹井長右衛門が不機嫌このうえない声を出した。

「美代、下がっておれ」

「でも、望月さまのお食事がまだ」

「いいから下がっておれ」

竹井の声が震えを帯び始めていた。

気配を察し、美代は台所に下がる。

残された竜之進は、もっと居心地が悪い。

「望月どの」

竹井が箸を置いた。

「はあ」

「そろそろ旅を急がれたほうがよろしいのではないかな」

竜之進はやっぱりという思いだったが、

「しかし、巌流の倅を名乗る者は、すでにこのあたりまで来ているようですし
……」

このまま立ち去るというのは後味がよくない。怪しいやつらも出没し始めているし、ことが起きるのもまもなくと思われる。

「なあに。その者は猿をどうにかしようとするだけで、わしに危害を加えようというのではあるまい。あるいは、金でかたがつくやもしれぬし」

果たして本当にそうか――。

あの手紙に込められた暗い怨念のようなものや、猿との立ち合いのときにいた侍の鬱屈《うっくつ》したような青白い顔からして、竜之進には簡単に話がつくとは思えなかった。

「それに、美代は年頃の娘」

「は？」

いつの間にか話が変わっていた。

「あれにちょっかいを出されるようなことがあれば、そなたと立ち合うことになる」

物騒《ぶっそう》なことを言い出している。

「滅相《めっそう》もござらぬ……」

「どうも、わが娘ながら、あれには男にとって狂おしいほどの色香があるらしい。それにたぶらかされては、そなたの剣の修行にも邪魔となろう。おなごの魔性には手を出さぬほうが剣のため」

竹井の目が据わってきている。

竜之進は美代にそれほどの色香も魔性とやらも感じなかったが、これ以上、刺激するとろくなことになりそうもない。

あわてて話をさえぎった。

「わかりました、竹井さま。立ち退《の》かせていただきますっ」

竜之進が大声で告げると、竹井はようやく夢から覚めたような面持ちで、ふぅっとため息をついた。


見送りにはだれも出てこない。

竜之進は旅支度を整え、玄関口で奥に向かって軽く頭を下げた。

出ていこうと門をくぐろうとしたとき、門のわきに、太吉が立っていた。手に野菜の束を抱えているところを見ると、父親から持っていくように頼まれたのだろう。

「あれ。おじちゃん……」

「おお、太吉か」

「出ていくのか。そうだね、猿に負けちゃったもんな。あれじゃあ恰好がつかないよね」

太吉はものわかったような口ぶりで言った。

「まあ、そういうことだな。ところで太吉、訊きたいことがあるのだがな」

「なんだい」

「あの美代という姉さんは、おまえにもやさしくしてくれるかい？」

「美代さまかい……おいらには、ほとんど口なんて利いてくれないよ」

「そうか」

「でもね、おいら、知ってるんだ」

太吉は鼻をひくつかせて言った。

「なにをだ？」

「おじちゃん、ちょっと耳を貸してくれよ」

太吉はいたずらっぽく瞳を輝かせると、竜之進の耳に口を寄せて、小声でこう言ったのだった。

「あの姉さんはね、ずいぶん甘ったれだよ。夜は怖いもんだから、竹井さまの布団にもぐりこんで寝てるんだから……」

六

望月竜之進は、川越城下に来ていた。

川越の町は全体に活気があふれている。石高《こくだか》は六万石。藩主は知恵伊豆《ちえいず》の異名《いみょう》を取り、幕府の老中をも務める松平伊豆守信綱《まつだいらいずのかみのぶつな》である。

松平伊豆守は武州忍《おし》藩から転封《てんぽう》後、大がかりな城下の整備に着手し、ちょうどこのころには江戸とを結ぶ新河岸川《しんがしがわ》の開設事業も終了した。このため、舟便がさかんに行き来するようになり、同時に川越街道の往来も活発になった。

そうした繁栄の気配は、城下を歩く人々の顔にも感じられる。

川越の名所に喜多院《きたいん》がある。ここが名刹《めいさつ》として知られるようになったのは、家康《いえやす》の信任が厚かった天海《てんかい》僧正が院主としてやってきてからである。寛永《かんえい》十五年（一六三八）には、いったん大火によって焼失するがすぐに再建され、江戸城紅葉山《もみじやま》の建築物もここに移築されたりした。

しかも喜多院の南には家康を祀《まつ》る東照宮《とうしょうぐう》もある。家康の遺骸が久能山《くのうざん》から日光《にっこう》へ移送されるおり、ここ喜多院にも四日ほど逗留《とうりゅう》した。このとき天海僧正によって大法要がおこなわれたのである。

望月竜之進は、その喜多院の裏手を歩き、藩の重役である竹井頼母《たのも》の屋敷を訪ねた。頼母は竹井長右衛門の嫡男であった。

およそ二千坪はあろうかと思える広大な屋敷だった。

昼ごろに訪《おとな》いを入れたが、頼母は城に出向いていて留守ということだった。

頼母が屋敷に戻ってきたのはすでに七つ（およそ午後四時）過ぎ。

「お父上のことでご相談がござる」

と言って門番に取次ぎを頼むと、しばらく待たされたあと、屋敷内に入れてもらえた。

竜之進の前に現れた竹井頼母は、父ときわめてよく似た風貌である。

「父のことで、なにかお話があるとか？」

訊《たず》ねた口ぶりは、生真面目そうで、かつ落ち着きも感じられる。重役としてもかなり有能であろうと推察できた。

「竹井さまのお屋敷におられる美代さまは、頼母どののお妹ぎみでござるか」

竜之進は単刀直入に訊いた。もしかしたら一刻を争うかもしれないと思い始めていたのである。

「ああ、あれでござるか」

美代の名を出すと、頼母の顔が見る見るうちに曇った。

「あれは、妹などではござらぬ。おやじの愛妾《あいしょう》でござる」

「やはり」

「もともと町方の女で、この屋敷に奉公にまいったのでござるが、タチのよくないおなごで、中間《ちゅうげん》をたらしこんだりはしょっちゅうのことであった。しかも、あろうことか、父上までたぶらかされてしまわれたのじゃ」

「そうした素行について、お父上は？」

「もちろん知っておられた。しかし、老いの迷いなのか、すべて承知のうえであの女と暮らしたいと申されてな。さすがに若すぎる妾《めかけ》と暮らすのは、近在の百姓たちの手前、恥ずかしいらしく、娘といつわっておられるのだが」

色香とか魔性とかいった言葉は、本人もなかば自覚したうえで出た言葉であったのだろう、と竜之進は思った。

「わたしなどがあまりに口うるさく言うものだから、父はついに出ていかれてしまったのだが……。して、その美代がなにかいたしたのであろうか」

「いや、じつは……」

竜之進は、三日前からのできごとを手短に話した。どうやら、佐々木巌流の手紙にまつわる一件には、美代も関係しているのではないかという推測もまじえた。

「そのようなことが……。そうか、それはまずいな」

「まずい？」

「十日ほど前、城下で美代の兄を見かけたという者がおってな」

「美代の兄？」

「梅次という男なのだが、これが手に負えないほどの凶状《きょうじょう》持ちでな。数年前も人を殺したという嫌疑をかけられたことがあったが、いつの間にか行方をくらましてしまった。その梅次が戻ってきたというから、なにか悪いことが起きなければいいのだがと心配しておったところでござった」

「なるほど。そういうことか」

竜之進は立ち上がった。

「どこへ行かれるか？」

「道場へ。いまごろはお父上に……」

竜之進は急いで竹井頼母の屋敷を飛び出した。

この騒ぎの裏はあらかた見えた。敵の中心にいるのは、おそらく美代の兄の梅次という男であろう。そいつは顔を知られていることもあって、竹井道場のまわりには姿をあらわしてはいない。この梅次に加え、先日の猿との立ち合いのときに見かけた若い男と、五十がらみの浪人者が仲間なのにちがいない。さらに、こちらの状況を梅次に知らせているのが美代なのだ。

狙いはもちろん、あの広壮な道場を含む竹井長右衛門の財産である。旅から戻った梅次は、妹の美代と竹井が城下を離れて、鄙に広壮な道場を構えて住んでいるのを知った。

その話の折りに、道場に武蔵ゆかりの猿が飼われていることも聞いたのだろう。この猿を利用し、武蔵に遺恨を持つ佐々木巌流の倅なる男をでっち上げ、竹井殺害のための偽装にする計略をめぐらしたのだ。その伏線として、連中は近在に武蔵の猿についての噂をばらまいたというわけだ……。

ただ一つ、あの手紙に色濃く漂っていた武蔵への遺恨の気配だけが竜之進には納得がいかなかったが、あとの推測には自信があった。

竜之進は走った。

すでに初夏の遅い陽が、西の山の端に沈もうとしていた。

竜之進が道場に飛びこんですぐに見た光景は——。

後ろ手に太吉をかばい、剣を抜き放ったまま立ちつくす竹井長右衛門。

それを取り巻くように、青眼に構えた青白い侍——吉岡仁十郎と、長脇差《ながどす》を持ったふたりの若い男——梅次と与助。

さらに、猿の紐を摑んで、道場の隅にいる美代。

竜之進が無言のまま、いきなり道場の中へと躍りこむと、

「野郎。戻ってきやがったか」

「余計な手出しをすると、ぶった斬るぜ！」

たちどころに怒声が巻き起こった。

しかし、竜之進は言葉一つ返さず、真ん中の侍との間を詰めた。

竜之進は脇差《わきざし》も抜いて二刀の構えですり寄っていく。

その構えを見た吉岡仁十郎の頰に冷笑がにじんだ。

そのとき——。

竜之進は左手の脇差を、まるであらぬ方向へ向けて、突き刺すように放った。

二刀のうちの一刀が理不尽な捨てられかたをした。

吉岡仁十郎の気がどうしてもそちらに向けられる。

その刹那。

いっきに距離を詰めた竜之進は、吉岡仁十郎が青眼から刀を肩口へ引き、斜めに振り下ろしてきたのを、すばやく足を左に送ってこの剣をやり過ごし、走り抜けながら刀の峰で手首を強く撃った。

吉岡仁十郎は呻《うめ》きながら刀を落とす。

そのとき竜之進はすでに梅次の前にいた。

「てめえ、この野郎っ」

梅次が無闇やたらと長脇差を振り回す。

竜之進は突然、道場の床をすべるように倒れこみ、梅次の長脇差をかいくぐりながら、左足の向こう脛を峰で撃った。

「ぎゃっ」

と悲鳴を上げ、梅次が横に倒れかかる。

すばやくはね起きた竜之進は、その梅次の胴に一太刀加えると、すぐさま与助の方へぶつかるように突進した。

与助はまったく動けないでいる。

竜之進のあまりに速い動きに、目がついていかないらしかった。

「ひっ」

と与助は声を上げ、長脇差を前にゆっくりと突き出す。

しかし、その長脇差は竜之進の刀ではね上げられ、さらに竜之進の足蹴りが腹に炸裂《さくれつ》すると、与助は道場の壁にふっ飛び、頭を打って、気絶した。

突然、道場内にカン高い声が響き渡った。

「猿っ。この前のように、あの侍をやっつけておしまいっ！」

竜之進は声のしたほうを見た。

まるで夜叉《やしゃ》のような顔に変わった美代が叫んでいた。

そして――。

ツッツと動き出していたのは、二天一流の猿であった。

両手にはこの前と同様、木刀が握られている。

「キキーッ」

と猿が歯を剝いた。目に凶暴な輝きすらあった。

竜之進はなんのためらいもなく猿に向かって前進した。

猿もまた、ピョンと跳ぶように一歩、前に踏み出すと、そこから大きく宙に舞った。あのときとまったく同じように。

しかし、竜之進は振り下ろされた木刀を軽く叩くと、左手で苦もなく猿の首ねっこを摑み、軽く払いのけるようにした。

「ウキーッ」

猿は道場の床に叩きつけられていた。

その猿を睨みつけ、竜之進が刀に素振りをくれた。

ひゅうん。

と刃が唸《うな》った。

その音に、猿は凄まじい悲鳴を上げ、道場から逃げ去っていく。

「あんちゃん！」

もう一度、美代の声がした。

倒れた梅次にすがりついている。

竜之進は少し息をはずませながら、ゆっくりと美代に声をかけた。

「安心いたせ。峰打ちだ。あばらの二、三本は折れただろうが、命に別状はあるまい」

床にへたりこんでいた吉岡仁十郎が、忌《い》ま忌《い》ましげにこう言うのが聞こえてきた。

「きさまの剣も策略の剣だっ。武蔵の剣によう似ておるわ……」

竹井頼母が、屋敷の者十数人を連れて駆けつけてきたのは、それからしばらくしてからだった。

やがて、その屋敷の者たちは、倒れていた三人をひったてて、城下へ戻っていった。おそらく三人は町奉行の手に渡されることになるのだろう。

いま、母屋の座敷にいるのは、竜之進と竹井長右衛門・頼母の父子、そして美代の四人だけである。美代もまた兄たちとともに連れていかれるはずだったのだが、問うべきことがあるとしてそれをとどめたのは、竹井長右衛門であった。

「そうか。筋書きを書いたのは、すべてその吉岡仁十郎であったというのだな」

と、竹井長右衛門が言った。

美代は真偽は別として、とりあえずこのたびの計画の一切合切を語った。

旅先で梅次と知り合ったというあの浪人者が、一時期、京都で隆盛《りゅうせい》を誇った吉岡清十郎の血筋だったとは、竜之進にも驚きだった。佐々木巌流の倅を偽ったのも、なんのことはない、おのれの恨みを投影したのだろう。竜之進は、あの手紙に込められた怨念の気配のわけを納得した。

「はい。わたくしはお殿さまを亡き者にするのは嫌だと反対したのでございますが」

と、美代が消え入りそうな声で言った。

猿をけしかけたときの夜叉のような顔を思い出すと、竜之進にはとても美代の言うことは信じられない。竜之進が言い出した猿との決闘に反対したことや、竹井長右衛門の妬心《としん》をかきたてて竜之進を追い払おうとしたことから考えても、美代は大きな役割を果たしているはずなのである。

その思いは竹井頼母も同じらしく、苦々しげに美代を横目で見ている。

しかし、竹井長右衛門は、

「よし。わしはそなたを信じよう」

と大きな声で言った。

「だれがなんと言おうとも、わしはそなたを最後まで信じよう」

竜之進は思わずポカンと口をあけた。

頼母を見ると、露骨に顔をしかめている。

そんなふたりの表情をよそに、竹井長右衛門はつづけた。

「だいたいが、わしが死んだら、この道場も手元の金もそっくり美代に残してやるつもりでおったのじゃ。あのようなことなどせずとも、ちゃんとお前らが望むようなかたちになったのじゃ」

美代は殊勝《しゅしょう》げにうつむいて聞いているが、心の中では舌を出していないとも限らない。

「のう、美代」

「……」

「そなたはわしの死ぬのを待っておればいいのだ。気長にな」

どうやら、竹井長右衛門はすっかり美代を許してしまったらしい。

その老いた顔には、いたずら盛りの孫を眺めるときのような、やさしげな笑みさえ戻ってきているではないか。

夜は深々と更けつつある。

竜之進はどうにも馬鹿らしくて、何度もあくびを押し殺すばかりだった……。

見はるかす朝の景色は、一足早い真夏の気配に満ちている。日差しは強く、まもなく大気も汗ばむほどに熱してくるだろう。遠くの山の上にかかった雲も、青い空の中でくっきりと縁取られている。

竜之進はひととおり景色を眺めた視線を後ろに戻した。

竹井道場の玄関口には、竹井長右衛門とその内妻の美代が見送りに出てきている。

「望月どの。世話になったのう」

「いやいや、世話などは……」

美代が俯《うつむ》きながら近づいてきて、握り飯の入った包みを手渡してくれた。

「心配なさるな。毒などは入っておらぬぞ」

竹井が機嫌よさそうにそう言うと、美代は、

「まっ、ひどい」

と、顔を赤らめた。

竜之進は返す言葉も見つからず、ただ困ったような顔をしている。

――男女の道は、剣の道よりもずっと複雑怪奇……。

はじめて思い知ったわけではないが、竜之進は胸のうちで、どちらかというと苦手なその世界における教訓を思い起こした。

別れの挨拶をし、一歩、踏み出したとき、竹井が後ろから声をかけた。

「竜之進どの」

「はあ」

「わざと猿に負けて敵をおびき寄せるなど、わしなどには考えもつかぬこと。その機略《きりゃく》には感服《かんぷく》つかまつった。じゃがのう、そのようなことをしておったら、とても門弟を増やすことなどできぬのではあるまいかの。いやいや、わしがそのようなことを言えた義理ではござらぬのだが」

竜之進はうなずき、素直に、

「ご忠告、ありがたく肝に銘じます」

と答えた。

ふたりに見送られて門を出ると、ちょうど猿を引きながらやってきた太吉に出会った。

「やっ、太吉。その猿は……」

「うん。逃げたくせに、このあたりでうろうろしてたから、また引っ張ってきたんだ」

猿は竜之進を見ると、おどおどしたように太吉の後ろに回った。

竜之進は笑いながら、

「そうか。また、飼ってやるか」

「そのつもりさ。おじちゃん。もう出ていくのかい」

「ああ、太吉にも世話になったのう」

竜之進はそう言って歩き出した。

後ろから、かわいい声が追いかけてくる。

「おじちゃん。おれ、ゆうべの立ち合いをしっかりこの目で見たよ。強かったよねえ」

太吉は嬉しそうに叫んでいる。少年に称賛されるというのは、くすぐったく、じつに心地よい。

「おれ、三社流のこと、どんどんふれ回るよ。お弟子がいっぱい集まるように」

「ほう、そいつはすまんのう。うまいこと言ってくれよ」

「もちろんだよ。おいら、ちゃんとこう言ってまわるよ。猿より強い三社流ってね」

「………」

望月竜之進が川越界隈に三社流を広めるのは、ずいぶんと難しそうであった。

第三話　幡随院《ばんずいいん》長兵衛《ちょうべえ》の蚤《のみ》

一

望月竜之進は、宙に浮いている。
いまは夜。
いるところは、住まい兼道場の小屋のなかである。
床から五尺（およそ一・五メートル）ほど上の宙に寝転びながら、
――そろそろ弟子が入門してくれないとまずいな……。
と、切実に思っている。
ひと月前、ここに道場を開いた。
門に貼った板切れには、〈三社流江戸道場〉と記してある。

場所は、牛込御門《うしごめ》を出て、神楽坂下《かぐらざかした》を右のほうに来た神田川《かんだがわ》沿い。

板の間が一部屋だけの、小さな家を安く借りられたので、やってみることにした。

三社流は野外の稽古が基本なので、家は自分が寝起きできればいい。その点、ここは裏の川原が使えるので、道場には適している。

ところが、いまだ弟子は一人もいない。

聞けば、お濠《ほり》のなかの九段坂《くだんざか》界隈に有名な道場がいくつかあって、武士の子弟はたいがい、そこへ通っているらしい。

――今度も駄目か。

道場がうまくいかないのは、初めてではない。稽古が厳しい、というか、破天荒《はてんこう》過ぎるらしく、入ってもすぐに辞めてしまう。結局、閉めることになって、また旅に出る、その繰り返し。

今度も嫌な予感はあった。

運よく借りられたと思ったこの家だが、とんでもない不都合があった。

この家には、異様なほど蚤《のみ》が繁殖していたのである。

最初の晩から、無数の蚤が竜之進の血を吸いに来て、身体中、食われた。痒《かゆ》くてとてもじゃないが、寝られたものではない。

「なんだ、これは?」

蚤を退治するため、筵《むしろ》に集めて焼いたり、丁寧に雑巾がけをしたりしたのだが、たいして効き目はなかった。

人や生きものの血の匂いに誘われて集まってくるのだろう。

菖蒲《しょうぶ》の葉を集めて下に敷くといいと聞くが、このあたりに菖蒲は見当たらない。

——どうしよう。

竜之進は、いろいろ考えた。蚤はぴょんと高く跳ぶことはできるが、羽はないから飛ぶことはできない。

それで、戸板を使い、四隅に縄をくくりつけ、これを宙にぶら下げて、その上で寝ることにした。

戸板は、ふだんは天井のほうに付けておき、寝るときだけ、五尺くらいのところに下ろす。宙に浮いているのは、そういうわけである。

空中で寝るのは妙な気持ちだが、蚤の襲撃から逃げるのには成功した。

痒みにはまったく悩まされなくなった。

それからも、煙でいぶしたり、陽光に当てたりしているので、さすがに蚤もいなくなったのではないか。

だが、道場を開くやいなや、蚤に苦しめられるあたり、先行きは暗澹《あんたん》たるものとしか思えない。

翌朝――。

まだ陽も昇り切らないうちから、

「わあわあ」

という騒ぎ声で目が覚めた。必死の叫びのような声である。

――なにごとだ?

家を出て、裏の川原を見ると、大人数同士の喧嘩《けんか》が始まっていた。

ごちゃごちゃ入り混じっているが、どうも武士と町人の喧嘩らしい。武士のほうは十四、五人ほど。町人のほうは、四、五十人はいるだろう。

町人のほうが数は多いが、武士のほうが剣の腕は立つ。町人がだんだん追い詰められていくのがわかる。

竜之進の家のほうに、町人が三人ほど逃げて来た。

顔を見るとまだ若い。どう見ても十代の、幼さも残る顔である。

先頭にいた若者が竜之進を見て、

「た、助けてください」

と、言った。

助けるいわれもないが、こんな幼いやつら相手に、刀を振り回す武士というのは気に入らない。

「ああ、いいよ。入れ」

と、家のなかに入れた。

といっても、隠れるところはない。

「ど、どこに隠れれば？」

三人はおろおろしている。

竜之進は天井に付けておいた戸板を下ろし、

「これに乗れ」

と、指差した。

「これに？」

「ほら。愚図愚図《ぐずぐず》していると、敵は駆け込んで来るぞ」

「は、はい」

三人は恐る恐る戸板に乗った。

これを四隅の縄を少しずつ引いて、天井に近づける。

「お前ら、黙って乗っていないで、梁《はり》にぶら下がったりしろ。重いんだ」

「こ、こうですか」

そのあいだになんとか戸板を天井近くまでくっつけることができた。

「ここに逃げ込んだやつらがいたぞ」

外で声がした。

竜之進は家の前に立った。

若い武士が三人、血相を変えて、やって来た。いずれも刀を抜いている。一人はかなり血しぶきを浴びていた。

「なんだ、どうしたんだ?」

竜之進は暢気な口調で訊いた。

切羽詰まったようなときでも、いつものんびりした口調だと呆れられることがある。

「ここへ町奴《まちやつこ》が三人ほど逃げて来ただろう?」

先頭の武士が訊いた。

「ああ、そっちに逃げて行ったぞ」

神楽坂のほうを指差した。

「くそっ」

悔しげに言って、また川原にもどろうとしたとき、
ばたん。

と、凄まじい音がして、戸板が落ち、三人も床に転がった。

「あ、隠れていやがった。ぶっ殺せ！」

三人の武士がこっちに突進して来た。

それに合わせるように、竜之進も刀を抜き放つと、三人の武士の正面に突進しながら、剣を一閃、二閃、三閃させ、武士たちの背後に抜けた。

一瞬ずつ遅れながら、三人の武士の腹、胸、首からおびただしい血しぶきが噴出した。

三人の武士は声も上げず、倒れ込んでいった。

「つ、強い！」

家のなかで声がした。

川原ではまだ喧嘩がつづいている。こっちに来そうなようすもある。

竜之進は喧嘩に肩入れする気などない。

並んで倒れている三人を、適当にあいだをつくって転がした。

さらに、喧嘩沙汰で死んだように、背中や腕にも傷をつけた。町人相手の喧嘩で、三人とも一刀のもとに斬られているというのは変だからだ。

そんな竜之進のすることを、逃げて来た三人の若者が家の中から呆然《ぼうぜん》と眺めている。

「なにをしている。早く逃げろ」

「は、はい」

それでも足は動かない。

「早く、去れ。お前らのせいで、無益な殺生《せっしょう》をしたのだぞ」

竜之進は、三人を不機嫌に追い払った。

二

その日の夕方である。

「あのう……」

と、若者が三人、やって来た。朝、ここから逃げて行った三人である。

あのあと、川原の喧嘩は四半刻《しはんとき》（三十分）ほどして終わった。

町方の役人が駆けつけて来て、仲裁《ちゅうさい》に入ったのだが、役人も人殺しを捕縛《ほばく》するような態度ではなく、転がっている死体を片づけるよう、牛込の町役人《まちやくにん》あたりに命じただけだった。

死体は武士のほうが四人だった。もっとも、うち三人は竜之進が斬っている。

町人のほうは十一人。武士のほうが圧勝だった。

「礼などいらないぞ」

竜之進は、やって来た三人に言った。

「そうじゃないんです。弟子にしてもらおうと思って」

三人のうち、いちばん身体の大きな若者が言った。

「弟子に？」

「お侍さん、剣術道場をやっているんだろ？」

門のところを指差した。

「わたしの剣は、喧嘩のための剣ではない」

とは言ったが、じつは喧嘩にも相当遣えるはずである。

三社流の剣は、一対一の正式な試合のような剣ではなく、路上の斬り合いを想定した剣術である。

三社という名も、じつは対三人、三者を相手にするのを基本にした剣ゆえに付けた。

「でも、強いですよね、この剣は？」

一人がそう言うと、いちばん童顔の若者が、

「あっという間に三人、斬ってしまいましたよね」

と、目を輝かせて言った。

「剣を学んで、また、あいつらと斬り合いをするつもりなのか？」

「だって、そうしないと、あの連中に殺されますので」

「そりゃあ、しょうがない。お前らは、町の一生懸命働いている連中からしたら、蚤だの虱《しらみ》だのといっしょなんだから」

竜之進はからかうように言った。だが、じっさい、そうだろう。

「蚤だの虱だのといっしょ……」

さすがにムッとしたらしい。

だが、竜之進の強さは目の当たりにしているから、突っかかってくることはない。

「ただし、だな」

と、竜之進は言った。

「はあ」

「剣を学べば無駄な喧嘩はしなくなる」

そう願いたい。

「どうだ。無駄な喧嘩はしなくても済むような剣を学ぶか？」

「ま、学びます」

「であれば、性根《しようね》を鍛え直してやるか」

正直、弟子はありがたい。


三人の名は――。

いちばん大きいのが善吉《ぜんきち》。十七歳。

次に大きいのが鳥蔵《とりぞう》。十六歳。

いちばん童顔なのは由太《ゆうた》。なんと、まだ十二歳だった。

三人とも、同じ町内の若者で、町奴というのに憧れ、その下《した》っ端《ぱ》に加えてもらったばかりだという。

稽古をつけると、もともと荒くれ者だけあって、筋は悪くない。機敏だし、筋力にも恵まれている。刀の使い方と、棒の振り回し方の違いを覚えるだけでも、各段に腕は上がるだろう。

だが、半刻《はんとき》（一時間）の稽古で息を切らして川原の草むらにひっくり返った。

空を赤とんぼが飛び始めている。十二歳の由太は息切れがおさまると、とんぼを追いかけ出した。それを身体の大きな鳥蔵が自分もしたそうに眺めている。

「どうだ。つづけるか？」

「もちろんです」

「今朝、お前たちと喧嘩していたやつらは、なんなのだ？」

と、竜之進は訊いた。

「大小神祇《だいしょうじんぎ》組ですよ」

年長の善吉が言った。

「なんだ、それは？」

「旗本奴《はたもとやっこ》のなかでも、とくに威張っている連中です。旗本奴というのはわかりますよね。派手な恰好して、こんな太い刀差して」

「ああ、傾奇者《かぶきもの》たちのことだろう」

江戸に来てから、旗本の倅たちが徒党《ととう》を組んでのさばっているのは見た。しょせん、力を持て余した若いやつらなのだろうと、そう気にも留めなかった。

「おれたちの親分は幡随院長兵衛《ばんずいいんちょうべえ》さまだ」

善吉が胸を張るようにして言った。

「誰だな、その人物は？」

「お師匠さまは、幡随院長兵衛さまをご存じない？」

「わたしは旅に出ていることが多いのでな」

「侠客《きょうかく》だ。男伊達《だて》だ。とにかく男のなかの男だ」

「ほう。その親分に、子分というのは何人くらいいるのだ？」

「五百人くらいだ」

「五百人！」

それが本当なら、大名並みである。

「子分を養っているのか？　ちゃんと飯を食わせているのか？」

「ああ。おれたちはずっと下っ端だけど、小遣い程度の銭をもらってるよ」

「今朝の喧嘩のときもいたのか？」

竜之進が訊くと、

「いないさ。ひと月ちょっと前、幡随院長兵衛さまはこの神田川で死体となって発見されたんだ」

善吉は悲しげに俯いて言った。

「ひと月ちょっと前？　そこで死体？」

「しかも、真っ裸でね」

「真っ裸？　ここに槍の傷はなかったか？」

「ああ、あったそうです」

「そうか、そうか」

竜之進はなにかを思い出したように言った。

「なんです？」

「その死体を見つけたのは、わたしだ」

竜之進がそう言うと、三人はぽかんと口を開けた。

三

そのころ――。

竜之進は、道場を開くにいい家はないかとここらを歩き回っていた。

牛込はお濠の外側に位置し、背中に高台を抱えた土地柄で、坂を這《は》い上がるように下級武士や町人たちの家がぽつぽつとできつつあるところだった。

だが、めぼしい家もなく、汗でも流そうと川原に下りたとき、その死体を見つけたのだった。

川原の死体はとくに珍しくない。墓など建てたりする余裕のない連中が、病や事故で亡くなった者を川に流して弔ってやる。たぶん、自分の最期もそんなことになるだろう。

神田川は、かつては南のお濠に流れ込むだけだったが、神田山の掘削が行われてからは、大川《おおかわ》に入り込むようになっている。死体は流れに乗れば、海まで運ばれるはずである。

ただ、その死体は明らかに殺されたものだった。

竜之進は近くの番屋に行き、町役人を呼んで来た。

「人殺しだ。ちゃんと調べたほうがいい」

やって来た町役人は、顔を見て、

「こいつは有名な俠客です。こりゃあ、ひと騒ぎ起きるかも」

と、眉をひそめた。

「黙って川に流したほうがよかったと言うのか？」

竜之進はムッとして言った。

「いや、そうもいかないでしょうな」

そういえば、あの死体には、掻きむしったような痕《あと》がいっぱいあった。

あれはなんだったのか？


「そうだったんですか！」

「望月さまが長兵衛さまのご遺体を！」

「これはなにかの縁ですね」

三人は、それぞれ感激の面持ちで言った。

「縁というほどのことは」

「いや、縁です」

鳥蔵が言った。

「だが、わたしは見つけただけで、あとはなにもしていないぞ。詳しい話もまるで知らないし」

「殺したやつはわかっているのです」

と、善吉が言った。

「誰だ？」

「水野《みずの》十郎左衛門《じゅうろうざえもん》という大小神祇組の頭領です」

「水野十郎左衛門……」

竜之進は目を瞠った。

じつは面識がある。が、そのことは、この三人には言わないほうがよさそうだった。

「こいつは三千石の旗本で」

「大身《たいしん》だよな」

「それどころじゃありません。水野家といったら、神君《しんくん》家康公の母・伝通院《でんずういん》さまのご実家に当たる家柄なんだそうです」

知らない。

「そうなのか」

やはり剣客の倅である竜之進は、そうした武家の家柄などについては町人より知らない。

「いくら悪さをしようが、誰も手が出せません」

「素っ裸で死んでいたのはなぜだ？」

「ええ。幡随院長兵衛さまが水野の屋敷に単身乗り込んだとき、水野は刀を取り上げるため、風呂を勧めたのです。それで、裸になったところで、槍でぶすぶすっと刺し、死体をそっとこの川に流したのです」

まるで見ていたように善吉は言った。

「ほんとの話か？」

「でないと、裸でいるはずがないでしょう」

「なぜ、長兵衛は単身、水野の屋敷に行ったのだ？」

「それは水野が長兵衛さまに詫《わ》びを入れるという約束だったからです。なにせ、旗本奴より町奴のほうが、何倍にも増えてきていましたから」

「ふうむ」

と、竜之進は首を傾《かし》げた。

長兵衛が水野家で湯に入っているときに殺されたというのは、長兵衛の仲間たちの勝手な想像に過ぎないのではないか。

それに、水野にも旗本としての面子《メンツ》があるだろう。いくら子分が五百人といえど、町人を湯に入れて騙《だま》し討ちにするなどという方法を取るだろうか。

長兵衛にしても、敵の屋敷に行って、わざわざ刀も身につけられなくなる湯になど入るわけがない。

——なにか、誰も知らない事情があるのではないだろうか。

四

善吉たち三人の弟子は、熱心に通って来るようになった。

稽古のようすを見たり、合間の話などを聞いたりしていると、三人が可愛らしく見えてくる。なにか充《み》たされないものがあって、傾《かぶ》いた男に憧れてみたりしているのだろうが、根は素直な連中なのである。

この前の喧嘩で下手したら三人とも死んでいたのだと思うと、危なっかしさにゾッとしてしまう。

死なないためにはどうすればいいかと考え、決闘や喧嘩のときの逃げ方の稽古までつけてやった。

「逃げる技かあ」

三人とも不満そうにした。

「それは次に勝つための技だろうが」

そう言うと、ようやく納得した。

この日は、稽古が済んだあと、

「お師匠さま。おれたちの親分に会ってくださいよ」

と、善吉が言い出した。

「お前たちの親分の長兵衛は、すでに死んでいるだろうが。墓参りに行ってくれとでもいうのか？」

「違います。長兵衛さまは大親分で、おれたちは長兵衛さまの子分の唐犬権兵衛《とうけんごんべえ》って人の子分なんです」

「なるほど。陪臣《ばいしん》というわけだ」

「じつは、権兵衛親分に、お師匠さまのことは話してあるんです。この前の喧嘩のときに助けてくれたことも。それで、ぜひ、礼を言いたいって」

「礼を言うのなら、向こうから来るのがふつうだぞ」

「そうなのですが、ここらは大小神祇組の縄張りのようなところで、権兵衛親分も来にくいんです」

「そりゃあそうか」

「浅草《あさくさ》のほうなら道場の世話もできると言っていました。お師匠さま、お願いします」

善吉が頭を下げると、鳥蔵と由太も真似た。そのようすは、いかにも可愛らしい。

竜之進も弟子の頼みには弱い。

「わかった。では、行ってみよう」

さっそくその足で、浅草に向かうことになった。

幡随院長兵衛は、浅草の花川戸町《はなかわどちょう》に立派な家を構えていた。

長兵衛が亡くなり、いまは子分の大物たちが泊まり込んで、いろいろ困った事態に対処しているらしい。

「親分。お師匠さまをお連れしました」

玄関を入ると、善吉は大声で言った。

「これはこれは、望月さま。お噂はこいつらからかねがね伺っております」

と、現れた唐犬権兵衛は、いかにも唐犬の渾名《あだな》がふさわしい、噛みつきそうな顔をしていた。

「まあ、たまたま巻き込まれてしまったのでな」

「たいそうお強いと聞きました」

「相手が弱過ぎただけだ」

「またまた、ご謙遜《けんそん》を」

権兵衛は物騒《ぶっそう》な顔に、目いっぱいつくり笑いを浮かべた。

このあたりは浅草寺《せんそうじ》のお膝元で、武家地はほとんどないし、武士の数も少ない。ここらで大きな顔をしていればいいのに、なにをわざわざあんな武家地の奥まで出張《でば》って行ったのか、竜之進は不思議な気がした。

「じつは、幡随院が殺されてから、大小神祇組がいっきに攻勢をかけて来ましてね。あっしらも弱っているところなんです」

「……………」

「望月さまはとんでもなくお強いというので、なんとかあっしらをお助けいただけないかと。いや、もちろん、お礼はできるだけのことをしますし、この近所にいちどきに二、三十人は稽古ができそうな家もありますし」

「……」

「望月さまが教えてくださるなら、うちの若い衆もこぞって弟子になるでしょう」

「……」

権兵衛の魂胆《こんたん》は、用心棒として雇いたいということらしい。

そのとき、

「じゃあ、あたしは出て行くから」

と、女の声がした。

奥から出て来たのは、若い女である。帯を前で結び、ざっくりと結いあげた髪には真っ赤な玉のかんざしが目立っている。

「おかみさん、待ってください。いま、喧嘩をおさめる算段をしていますから」

権兵衛が声をかけた。

「無理だね。あんたたちは結局、でかい顔をしたいだけなんだから、喧嘩なんかおさめられるわけがない」

「そんなことはねえ。ちょっ、ちょっ、ちょっとお待ちを」

権兵衛は女をなだめようと、立ち上がって肩に手を置き、奥にもどそうとした。

「長兵衛さまのおかみさんです」

と、善吉が竜之進の耳元で言った。

「ほう」

「きれいでしょ？」

「ああ」

たしかにきれいだし、若い。だが、死んだ長兵衛も年寄りではなかった。まだ三十代だったはずである。

「吉原《よしわら》の売れっ子花魁《おいらん》だったのを、長兵衛親分が落籍《ひか》したのです」

「なるほど」

長兵衛の女房は、権兵衛が引き留めようとするのを振り切って、叫ぶように言った。

「あたしはこんな人殺しの集まりとは、もう、関わりたくないの」

「おかみさん！」

「………」

もう返事もしない。

長兵衛の女房は、たいそうな勢いで出て行った。

あとに白々《しらじら》とした空気が漂った。

「みっともねえところをお目にかけまして」

と、権兵衛が詫びた。

「いや、いいんだ」

「長兵衛親分が死んでから、大小神祇組との争いはひどくなりましてね。もう、手がつけられねえ」

「生きているときは、ひどくなかったのか？」

「ええ。長兵衛親分が、適当なところで、うまく争いをおさめていましたので」

「そんなにうまくいくものか？」

「それが人間の迫力というか、人徳というか」

いったい長兵衛という男は、どれほどの者だったのか。

竜之進は、生きているときに会ってみたかったと、あらためて思った。

「望月さま」

「ん？」

「さっきの話ですが」

長兵衛一家を助けてくれという話だろう。そのかわり、金の礼もすれば、浅草に道場と弟子も用意すると。

「せっかくつくったいまの道場なのでな。もうしばらくはやってみるつもりなのさ」

竜之進は、権兵衛の申し出を断わった。

五

弟子が三人だけだから、竜之進は暇を持て余してしまう。

唐犬権兵衛の誘いがときおり耳の奥によみがえるが、やはりあんなやつらの用心棒などする気はない。

竜之進は、日本橋《にほんばし》界隈に出て、通《とおり》二丁目にある知り合いの瀬戸物屋〈伏見屋《ふしみや》〉を訪ねてみた。

「これは望月さま。江戸にいらっしゃってましたか」

「うむ。牛込に道場をつくったが、さっぱり流行《はや》らないで弱っている」

「望月さまの剣は、稽古が厳し過ぎますからな」

と、伏見屋のあるじは笑った。

「この分だと、また、旅に出る羽目になるだろうな」

「しばらく用心棒仕事でもなさって、ようすを見てはいかがです？」

「用心棒？」

ここでも言われた。江戸では用心棒稼業が流行っているのだろうか。

「誰を守る？」

と、竜之進は訊いた。守る相手によっては、この際だから用心棒の仕事もやむを得ないかもしれない。

「じつはいま、江戸の商人たちは、旗本奴と町奴の暴れっぷりに頭を悩ませています。なんのかんのといちゃもんをつけて来るのです」

「ここらにも連中は来ているのか？」

「来ますとも。だいたい日本橋の北は町奴がのさばって、南のほうは旗本奴が大きな顔をしています」

「あんたのところは旗本奴側か？」

「いちおう、そういうことに」

「だが、死んだ幡随院長兵衛ってのは、なかなか人徳もある男だったのだろう？」

「あれがですか？」

あるじは素《す》っ頓狂《とんきょう》な声を上げた。

「違うのか？」

「ここにも来ましたが、どう見ても強請《ゆす》りたかりの類《たぐ》いで、旗本奴の水野さまのほうがずいぶんましなものですよ」

「ふうむ」

竜之進は首をかしげた。

確かに人というのは、接する相手によって、どう思われるか、まるで違ってくる。

だが、片方では悪く言われ、片方では好かれる。

「ただの強請りたかり」が、五百人の子分を持つというのも解せない気がする。

浅草花川戸の幡随院長兵衛。

番町《ばんちょう》の水野十郎左衛門。

どちらも江戸の真ん中ではない。だから、幕府の取り締まりも、どこか緩いのではないか。

「旗本奴と町奴、うまく棲《す》み分けたもんだな」

と、竜之進は言った。

「まあ、それが縄張りってもんでしょう」

だが、それもすでに崩れ去ろうとしている。

ふと、思いついて、

「旗本奴と町奴では、どっちが先にできたのだ？」

と、竜之進は訊いた。

「どっちが先でしたか。柄の悪い傾奇者は昔からいましたが、どっちが先というより、ほぼ同じころに暴れ出したような気がします」

あるじはうんざりしたように言った。

伏見屋のあるじには、

「考えておく」

とだけ言って、店を出て来た。あの連中とは、変なふうに敵対したくない。なにせ可愛い弟子たちが関わることなのだ。

日本橋の北、さらに大川のほうへ歩くと、〈吉原《よしわら》〉と呼ばれる一画がある。幕府公認の遊女屋《ゆうじょや》が立ち並ぶところである。

大門《おおもん》を入ると、

「遊んで行きなよ」

竜之進の姿を見かけた遊女がしきりに声をかけてくる。

それは耳にやさしい。

吉原の妓楼《ぎろう》には、かつて何度か揚がったことがある。

最初に揚がったのは、ひどく寒い夜だった。

じつは、それまでも何度か来ていたが、どうしても揚がる勇気というのか、決断がつかず、逡巡《しゅんじゅん》したあげくに帰ることを繰り返していた。二十歳に少し前のころだった。

その晩は、妓楼の前に立っていた妓《おんな》が、

「あったまって行きなよ」

と、声をかけてきたのだった。

「あったまるのかい？」

竜之進は訊いた。

「あったかいもんだよ、二人で寝ると」

この言葉で決心がついた。

妓の名前は、夕霧《ゆうぎり》といった。身体も話し方もどこかはかなげで、その名が似合うと竜之進は思った。

それから、金ができると、何度か夕霧のところに来た。親しみのような気持ちもわき出していた。

だが、半年ほどあいだが空いて来てみたら、夕霧はいなくなっていた。どうしたのかと訊ねても、教えてはもらえなかった。

それからは、妓楼に揚がったことはない。

江戸にいるときは、ときおりこうして大門をくぐるが、いつも眺めるだけで帰ってしまう。どこかで夕霧の面影を確かめに来ているような気もする。今日もそのつもりで来た。

見るだけでも意外に気持ちが慰められるのだ。

女というのはたいしたものだとも思う。男にはない力がある。男が実なら、女は花なのかもしれない。

一回りして、大門を出たところで、

——ん？

見覚えのある女がいた。

「長兵衛さんのおかみさんではないか」

思わず声をかけた。

「え？」

「昨日、花川戸の家でお目にかかったのだ。もっとも、あんたは怒って飛び出して行くところだったが」

「ああ、そうでしたか」

「吉原にもどるので？」

「迷っているとこ」

つらそうな顔になった。一瞬、夕霧の表情と重なった。

「女も大変だからな」

つい同情してしまう。

「あんなのに身請けされなきゃよかった」

「あんなの？」

「長兵衛のことですよ。馬鹿みたいな殺され方して」

「でも、皆が言っていることが真実《まこと》かどうかはわからないぞ」

竜之進は言った。それが慰めになるかどうかはわからない。

「旦那もそう思います？」

「思うさ」

「あたしも変だと思ったんです」

「長兵衛というのは、どういうやつだったんだ？」

「どういうんでしょう。悪知恵は働きましたよね」

「それはそうだろう」

でなければ、五百人も子分をつくれない。

「でも、妙に子どもっぽいところもありました」

「ほう」

「あの人は虫が好きだったんですよ」

長兵衛の女房はふいに笑った。

「虫が？」

じつは竜之進も好きである。虫を眺めていると、飽きないし、飼ってみたくもなれば、絵に描いたりもしたくなる。

「ええ。変でしょ。それも、小さければ小さいほど好きだって。蟻《あり》とか、蚤とか、虱《しらみ》とか」

「へえ」

そこは竜之進と違う。竜之進は飛ぶ虫のほうが好きである。とんぼとか、蝶とか。だが、気持ちはわからないでもない。

「もっと小さな虫もいるはずだって」

「蚤や虱よりもか？」

「はい。それで、虫眼鏡《むしめがね》とかいうものを欲しがっていました」

「虫眼鏡？」

「お侍でやっぱり子どものときから虫が好きな人がいて、その人が持っているらしいのです。先祖に偉い人がいて、その人が南蛮人《なんばんじん》からもらったものを家宝にしていて……」

竜之進は驚いて、長兵衛の女房の話に耳を傾けた。

吉原から遠ざかると、竜之進は駆けるように浅草の花川戸へ向かった。

やって来たのは幡随院長兵衛の家である。

ちょうど善吉が玄関を箒《ほうき》で掃いているところだった。

「あ、お師匠さま」

笑顔を向けてくる。

「権兵衛はいるか？　呼んでくれ」

すぐに唐犬権兵衛が出て来た。

「これは望月さま。お考え直していただいたので」

「そうではない。が、あんたたちも、もう、争いはやめにしたいのだろう？」

「そりゃあね。どっちも全滅するのなら、それでもかまいませんがね」

権兵衛は粋がった調子で言った。どうせ勝つ見込みはないのだ。狙いはせいぜい相討ちによる全滅といったところだろう。

幕府としても、そのほうが断然、都合がいい。

素行のよくない名門旗本の倅など、邪魔なことこの上ないのだ。

竜之進は、善吉の顔を見た。

可愛い弟子たちをこんな喧嘩で死なせたくない。

「わたしが仲介を買って出よう」

「水野が望月さまの言うことを聞くんですかい？　会うのも難しいと思いますぜ」

権兵衛はせせら笑った。

「いや、聞くし、会いもする。なぜなら、水野はわたしが住んでいる家の大家なんだ」

と、竜之進は打ち明けた。

六

番町というところは、町名がめちゃくちゃで、一番町、二番町、三番町……と、順に区切られているみたいだが、まったくそんなことはない。二番町と三番町のあいだに六番町があったり、さらには表、裏、土手、新道、堀端などがついていたりする。

その複雑さは、のちに、

番町で目あき按摩《あんま》に道を聞き

などと、川柳に詠まれるほどだった。

水野十郎左衛門の屋敷は、裏三番町にあった。

この前もさんざん迷ってここに来た。

「神田川沿いにある家はこちらの持ち物だそうですな？」

そう訊ねた竜之進に、

「そうだ」

答えたのは、水野だった。当主ではなく、用人《ようにん》あたりと交渉するのだろうと思ったが、水野は気さくなところがあるらしく、直接話をした。

「お使いになっているので？」

「いや、いまは使っておらぬ」

「あの家を剣術道場に使いたいので貸してもらいたい」

竜之進は、そう頼んだのである。

「あの家を？」

「裏に川原がある。わたしの流派にぴったりだ」

「なんという流派だ？」

訊かれて、三社流の名と志を語った。

水野は話を聞き、にやりと笑って、貸してくれると約束した。

その晩、竜之進は蚤に食われ、ひどい目に遭ったのだった。もちろん蚤がはびこっていることは知っていたのだ。というか、いまにして思えば、はびこらせていたのだ。

いま、再びやって来た竜之進を見て、

「やはり出て行くか？」

と、水野は笑いながら訊いた。

「ふた月以上も、よく我慢したな」

そうも言った。

「いや、いい住み心地なので、まだしばらくいたい」

そう言うと、ぽかんと口を開けた。

「では、なんのために来たのだ？」

「町奴との喧嘩の仲裁をしたい」

「おぬしが？」

水野は意外そうに訊いた。

「そうだ。あんたたちも、いまのようなことをしていたら、幕府から咎《とが》められる。何人も腹を切る羽目になる」

「……」

水野は真剣な目で竜之進を見た。それはわかっているのだ。旗本奴も喧嘩をどうにか収めたいのだ。

「あの道場に来てくれ。大小神祇組から三人、町奴から三人。互いに腹の底まで探り合い、禍根《かこん》を残さぬよう話し合ってもらう」

「ほう」

「早いほうがよかろう。今夜はどうだ？」

「今夜だと」

水野はすこし考え、了承した。

竜之進が水野家を去ろうとするとき、

「あの家に蚤がいなかったか？」

と、水野は訊いた。

「退治した」

「退治できたか？」

「ああ、きれいにした。だが、江戸の町にはもっと大きい蚤たちがいる。そいつらを退治してやりたい」

竜之進はそう言って、振り向かずに辞去《じきょ》した。

七

夜になって竜之進の道場にやって来たのは――。

旗本奴側は、水野十郎左衛門に、加賀爪甲斐守《かがつめかいのかみ》、坂部三十郎《さかべさんじゅうろう》という大小神祇組の幹部二人。

町奴側は、唐犬権兵衛と、放駒四郎兵衛《はなれごましろべえ》、夢の市郎兵衛《ゆめのいちろべえ》の三人。いずれも幡随院長兵衛の有力な子分だった。

狭い家だが、双方、向かい合い、竜之進は玄関口に控えるように座った。

当初から、ハラハラするような雰囲気に包まれているが、

「せっかく棲み分けができていたのだから、もう一度、元にもどし、喧嘩を収めたらどうかな？」

竜之進がのんびりした調子で切り出した。

「それはいいが、おれたちは幡随院長兵衛さまの始末をつけなくちゃならねえ。まずは詫びてもらいてえ」

唐犬権兵衛が言った。

「長兵衛の件は、わしらの知るところではない。詫びる必要はない」

と、加賀爪甲斐守が応じた。

「大小神祇組以外に誰が長兵衛親分を殺す？」

「そこらで喧嘩しただけではないのか」

「ふざけるな。そこらの喧嘩で、なんで親分がわざわざ裸になる？　親分を風呂に入れたんだろう。お前らの卑怯な策略だ」

「そんな策略があるか。なんでわざわざ風呂になど入れるのだ？」

さっそく大きな怒鳴り声の応酬《おうしゅう》になった。

それぞれ刀は自分のわきに置いている。

竜之進は預かると申し出たのだが、聞き入れてもらえなかった。

その刀にいまにも手がかかりそうである。

「これでは仕方ないなあ」

竜之進がのそのそと真ん中に進み出た。刀も持たない丸腰である。

まるで茶でも出すかのようなゆっくりした動きで真ん中に来た。

六人が妙な顔で竜之進を見た。

そのとき――。

竜之進の身体が弾《はじ》けるように躍動した。

両方のこぶしと肘が左側に並んでいた町奴たちの額や顎、わき腹や首筋、胸に次々と炸裂したのである。手の動きの無駄のなさ。右のこぶしで額を叩くと、引っ込めながら身体を回転させ、肘で顎を打つ。そのときにはもう左手が隣の男の額に炸裂《さくれつ》している。一動作で必ず相手になんらかの損傷を与え、休むことなく動きつづけた。

三人は声を上げる間もない。

旗本奴たちも当初はびっくりしたが、自分たちには攻撃が及ばないのを見て取って、呆然と見守るばかり。

町奴は、一人につき四、五回は殴られていただろう。

竜之進が動きを収めたとき、三人は完全に気を失っていた。

「どういうことだ、望月?」

水野が訊いた。

「しばらく眠っていてもらおうと思ってな」

「わしらの味方をしてくれたのか?」

「いや。これから水野さんとする話を聞かせないほうがいいだろうと思ったのだ」

「どういう意味だ?」

竜之進は元の席にはもどらず、町奴が横たわったその後ろに正座した。

「ひどい話だよな、水野さん」

「なにが?」

「あんたと幡随院長兵衛は、子どものころからの知り合いだった」

竜之進がそう言うと、わきにいた加賀爪と坂部が意外そうに水野を見た。

「知り合いと言っても……」

「身分が違うか。だが、長兵衛はもともと武士の子だった。町人ならともかく、武士の子同士、そうそう身分などは気にしない。ましてや、あんたたちには共通の興味があった」

「……」

「二人とも、虫が大好きだったんだろう?」

竜之進はそう言ったとき、川原でとんぼを追いかける善吉たちを思い出した。

稽古が終わるとあいつらは、ひとしきり虫を捕まえて遊ぶのだった。

水野は嫌なことを知られたというように顔をしかめている。

「……」

「あんたの家には、家康公が南蛮人からもらったという虫眼鏡があった。家宝とするには奇妙過ぎて、とくに秘匿《ひとく》するわけでもなく、子どもが勝手に使えるところに置いてあった。それで虫を見て遊んだそうではないか」

「誰に聞いた？」

「長兵衛はあんたの名は出さなかったが、子どものころの話を女房にけっこうしていたんだよ」

「……」

「二人は大人になっても友だちだった。虫好きの子どもたちはやがて、欲も出れば、ずるさも身についてきた。あるとき、二人は金を儲ける手段を考えた。どっちが言い出したのか、たぶん長兵衛だろう。互いに悪たれを集め、その頭領格になる。そして、一方が町で暴れて店にいちゃもんをつける。もう一方は、これを慰め、守ってやることを約束する。そのかわり、店から守るためのお礼の金をいただく」

「……」

「相手はうまく引っ込む。さも、その連中が守るため、手が出せないというふうにな。それを交互にやるんだ。押しては引き、押しては引き。親分同士の芝居に、子分たちは騙され、満足する」

「いまの話、本当ですか、水野さん？」

隣にいた加賀爪が訊いた。まったく知らなかったらしい。

「適当なつくり話に決まっているだろうが」

水野はふて腐れて言った。

「旗本奴と町奴。示し合わせたように世に出て来たのはおかしいよな。武士なら傾奇者と呼ばれていて困ることもなかった。わざわざ町奴と並び立たなくてもよかったんだ」

「………」

「しかも、あまりにもうまく棲み分けができていた。それはそうだ。親分同士ですべて話がついていた。脅すのと助けるのでうまくやれば、こんなに儲かるものはない。水野さんと幡随院。ずいぶん儲かったよな」

「………」

水野は加賀爪と坂部に直視され、居たたまれないような顔になっている。

「だが、こういうのはどこかで綻《ほころ》びが出るんだよな。どっちが多く取り始めた？　わたしは長兵衛が先だと思う。なにせ長兵衛は、五百人などという大勢の子分を抱え、金はいくらあっても足りなくなっていた」

「………」

「その話をするうち、二人の仲も切れかけた。やるか、やってやろうと、お定まりの果し合いの約束。だが、秘密があるから、お互い助太刀は頼めない。場所はまさにこの川原、水野家の持ちものであるこの家。だが、あんたは長兵衛の強さを知っている。剣を学んでも、喧嘩慣れした長兵衛は怖い。そこで、策を練った」

「………」

「この家を蚤の家にしたんだ。あんたにはかんたんなことだ。虫眼鏡で蚤を集め、綿だのぼろ布だので育て、ここに入れた。そして、果し合いの当日、ここで長兵衛を待たせた。すると、長兵衛は蚤に食われ、痒くてたまらない。あの痒みといったらないよな。とても決闘どころじゃなくなっていた。そこへ、あんたが槍を小脇に現れたものだから、長兵衛はとにかく着物を脱ぎ捨て、少しでも痒みから逃れて戦うしかなかったが……」

竜之進がそこまで言うと、

「そりゃあ、勝つわな」

と、加賀爪がからかうように言った。

「わしもそう思う」

坂部もうなずいた。

すると、水野が二人を交互に睨んだ。

「なんだと。きさまら、頭領の大変さもわからず、偉そうなことをぬかすな。吉原でさんざん遊べたのは、誰のおかげだ」

と、二人に文句をつけた。

「でも、そんな手で儲けていると知っていたら、おごってもらうこともしなかったでしょう」

「なに？」

「わしもいっしょだ」

「いまさら、なんだと？」

水野が刀に手をかけ、立ち上がった。

仲間同士で斬り合いが始まる気配だった。

だが、これは想定していた筋書きともいえた。まず旗本奴に仲間割れをさせ、町奴のほうはあとで事情を話して納得させる。

竜之進はそっと後ろに下がり、壁際に寄った。こんな狭いところで刀を振り回されたら、とばっちりを食らうのは目に見えている。

そのとき、

「待て、落ち着け。ここでわしらが斬り合って誰が得する。それよりも、この男の口を封じてから、町奴も始末し、こんな話し合いもなかったことにするのがいちばんだぞ」

と、水野が言った。

加賀爪と坂部は竜之進を見た。

「それもそうだ」

と、顔が語っていた。

竜之進は顔をしかめた。

いきなり風向きは変わっていた。

事態は刻々と変わるのである。だが、それに機転を利かせて対処することこそ、三社流の剣の極意である。

「わたしとやるのは構わぬが、あんたたち痒くないか？」

と、竜之進は訊いた。

そう言いつつ、竜之進は背中を掻き始めている。

「じつは蚤は退治できていないのだ」

「え？」

水野は部屋を見回した。

「そっちに着物があるだろう。あれは幡随院長兵衛が着ていて、ここに脱ぎ捨てた着物だ。つまり、長兵衛についた蚤は、いま、あんたたちに食いついている」

「うわっ」

水野が肩をすくめた。

ほかの二人も着物を払うようにした。

その隙を突いて、竜之進は後ろの壁にあった木刀掛けから短めの木刀を手にすると、沈み込みながら、左から順に剣に手をかけようとしたところを次々に叩いた。さっきの殴りつけたときの要領である。こぶしが短い木刀に替わっただけで、切っ先から柄《つか》のところまで、すべて使っている。この接近戦も、三社流がとくに稽古するところで、こんな剣法はほかにはない。

「ああっ」

三人の手の甲、手首、二の腕を強く叩いていく。それぞれ骨が折れたか、少なくとも罅くらいは入ったに違いない。

さらに、下から伸び上がるように、右から順に、胸を狙って木刀を叩きつけた。今度は手や腕よりも大きく、
ばきっ、ばきっ
という音が響いた。あばら骨が幾本かずつ折れたのだ。

三人は息を詰まらせながら、ひっくり返った。

「ほら、町奴が目を覚まさないうちに、逃げたほうがいいぞ」

竜之進の言葉に、水野たちは家から転がり出て行く。

その後ろ姿を見ながら、竜之進は言った。

「これでやつらもしばらくは喧嘩もできないだろう」

そのあと、望月竜之進はすぐに荷物をまとめ、この家を立ち去ることにした。

せっかく書いた板切れの看板は川に流し、手荷物は一つにまとめた。

脱ぎ捨ててあった着物に目をやった。おそらく本当に長兵衛のものだろうが、

洗濯し、陽に当てて、すでに蚤などはついていない。さきほど水野たちに言ったのはむろん方便《ほうべん》であって、それもまた三社流の極意の一つだった。

立ち去る用意をするうちに、唐犬権兵衛が目を覚まし、なにが起きたかわからないというように首を何度も横に振った。

「どうしたので？」

「刀を抜こうとしたので、わたしが皆を殴って気絶させたのだ。あいつらはひとまず帰ってしまった」

「じゃあ、決裂したので？」

「とりあえず、しばらくは休戦だ。だが、幕府が目をつけている。あいつらはそのうち切腹せざるを得なくなる。お前たちも、そのとばっちりでお咎めを受ける。まあ、ここらでおとなしくしたほうがいいな」

と、竜之進は言った。

「わかりました。そうします」

「それとな、善吉たち三人に伝えてくれ。家にもどって働けと。師匠がそう言っていたと伝えてくれ。よいな？」

竜之進は強く言った。

「わかりました」

唐犬はうなずいた。

あの若者たちだって、おそらくもうわかってくれているはずである。喧嘩や決闘、さらには戦まで、しないほうがいいに決まっているのだ。なんとかそれを回避するための知恵が、剣術と言ってもいい。

未来を大事にな、若者たちよ。

竜之進は胸のうちでつぶやいた。

わずかしか教えられなかったけれど、三社流の剣はそうしたことを自然に学ぶことができる剣であるはずだった。

第四話　由井《ゆい》正雪《しょうせつ》の虎

一

燃え上がるような紅葉に覆われた険しい山道を、その侍は早足で、しかし息一つ切らさず、登ってきた。山道というよりは獣道《けものみち》だろう。そういえば侍の足取りも、人間離れした剽悍《ひょうかん》さを感じさせた。

ただし、それは身のこなしに限ってのことである。歳の頃は三十ほどと思えるその侍の表情には、物見遊山《ものみゆさん》にでも来たような気楽な気配があった。

ここは、駿河《するが》というよりは甲斐に近いほどの、山また山が続く奥地である。こんな山の中にいったいなにがあるというのか。出会うとしたら、猛烈に腹をすかした熊ぐらいのものではないのか。

だが、侍に熊など恐れる気持ちはまるでないらしく、たいそう暢気な顔つきで、歩きつづけていた。

陽が山の端に沈みかけた頃――。

ふいに森が途切れた。そこには、一町歩《ちょうぶ》ほどの台地がひらけていた。しかも、五軒ほどの杣小屋《そまごや》のような家もあった。

「おお、着いた、着いた」

侍は嬉しそうに笑った。下がり気味の眉がさらに八の字のかたちを描き、この侍の人のよさをうかがわせた。

だが、すぐ次の瞬間、侍はふいに、腰の刀に手をやり、全身に緊張をあらわにした。

――なんだ、これは……。

近くに異様な気配があった。侍がこれまで一度も感じたことがない、不思議な、だが圧倒的な気配だった。

幽鬼《ゆうき》のようでもあった。人外化生かもしれなかった。侍はそうした存在をまるで信じていなかったが、そうとしかいいようのない存在が近くにいるはずだった。

すばやく周囲に視線を走らせた。赤や黄色の斑《まだら》模様のほかには、なにも見えなかった。だが、侍は風の中にかすかな血の匂いを嗅ぎとっていた。

侍は刀に手をそえたまま、微動だにせず、立ちつくしていた。

額の冷や汗が集まって、ぽたりと地に落ちるほどの時が流れた。

ざわざわっ……。

と、風が動いた。侍の視界のはしで、落ち葉の群れがつむじ風のように樹間を去っていくのがわかった。

侍はそれでもしばらくのあいだ、身動きをひかえていたが、冷や汗が乾く頃になって、ようやく緊張をとき、

「なんだぁ、いまのは……？」

と、意外にのんびりした声で言った。

「どなたもおられぬのかのう……？」

侍はいちばん手前の家の中を窓からのぞきこみ、それから五軒の家すべてに聞こえるほどの声でそう言った。

集落は静まりかえっている。

しわぶき一つ聞こえない。

侍はもう一度、大声を出した。

「この集落に、青山小十郎《あおやまこじゅうろう》といわれる方がおられるはずなのだがのう」

そう言ったとき、いちばんはずれの家で、

「誰だっ？」

と声がした。若い女の声であった。

「おう、人がいたか。わたしは望月竜之進と申す旅の武芸者だが、ここに亡父の友人である青山小十郎どのが……」

「早く、来いっ。大声を出さずに、さっさとここへ！」

望月竜之進と名乗った侍は、その叱声《しっせい》にうながされ、いちばんはずれの家に向かった。

わずかに開けられた戸のあいだからもぐりこむように中に入ると、

「お前は、助けの者ではないのか？」

声をかけた娘が、乱暴な口調で不審気に訊いた。

「助け？　なんの助けだ？」

娘は問いには答えず、家の奥に目をやった。家とはいっても、土間の向こうに六畳分ほどの板の間があるだけだが、奥には怯《おび》えた目つきでこちらを見ている者がいた。老婆とまだ五、六歳ほどの幼女だった。

娘は声を落として言った。

「今朝早く、二人が助けを求めて、ここから里に向かった。お前、ここへ来る途中、会わなかったか？」

「いや、誰にも。ただ……」

「ただ、なんだっ？」

「ここから二、三町ほど下の崖《がけ》ぎわに、着物の切れっぱしのようなものがひっかかっていたのは見た」

「着物の切れっぱし？　何色だった？」

「草色だったな」

「ああっ、おキクさんだ……」

娘が小さく呻いた。

「なにがあったのだ、この集落で？」

「虎だ。虎が暴れて、人を食いつづけている」

「虎だと……！」

望月竜之進が思わず声を大きくすると、奥で幼女が「ひっ」と恐怖の叫びを上げた。

いうまでもなく、この国の山野に虎は棲息《せいそく》していない。ただし、この国に虎が来たことがなかったわけではない。宇多《うだ》天皇の御世《みよ》の寛平《かんぴょう》二年（八九〇）や、豊臣秀吉《とよとみひでよし》が朝鮮を攻めた文禄《ぶんろく》の役《えき》のときにも、現地で捕らえられた虎が数頭、来日した。だがまもなく死んでおり、日本で子孫を増やしたという記録はない。

「馬鹿なことをいうな。熊かなにかと間違えておるのだろう」

「そうじゃねえ。あれは、虎なんだ……」

娘はうつろな目を小さく開けた窓の外に向けながら、にわかには信じがたい話をはじめた。


——その虎は、いったいどのようにしてわが国にやってきたのだろうか。発見されたときは、生後半年ほどの仔虎《ことら》だったという。

発見される寸前まで、母親の牝虎《めすとら》といっしょであったことは間違いない。というのも、未熟ではあったが、この仔虎はすでに獲物を狩るすべを体得していたからである。仔虎は母から、獲物を倒し、肉を貪《むさぼ》り食らうことを学ぶのだ。だつがいで入ってきたのか、あるいは仔を宿した牝虎だけが入ってきたのか。だが、親らしき虎は、死骸さえも見つからなかった。

この虎は、インド虎やジャワ虎など南方系の虎ではなかっただろう。北方に棲息するシベリア虎だった可能性が高い。というのも、その後七年ものあいだ、日本の厳しい冬を生き延びることができたからである。

では、親虎がどこから来たかだが、北方系の虎であったとすると、オランダ船から出島《でじま》経由で来たとは考えにくい。第一、出島を出るには人目につくし、出島に虎が入ったという記録もない。

それよりも可能性が高いのは、対馬《つしま》から瀬戸内の海を通り、大坂から東海道を東上する朝鮮通信使の一行に混じっていたのではという推測である。寛永《かんえい》二十年（一六四三）に朝鮮通信使の一行が来日しており、もしもこの一行が、将軍に献上するつもりか、あるいはどこぞの雄藩《ゆうはん》の藩主にでも頼まれたかして牝虎を運んでいたとしたら、この虎の生年とほぼ合致する。それがなんらかの事故でこの山野に逃亡したのかもしれない。しかし、それも正式の記録にはない。

最初の発見者は、この集落の猟師の五兵衛《ごへえ》だった。五兵衛は、

「大柄の猫かと思った」

という。まさか虎がこの国の山に棲息しているとは思わない。

「おらは、おなごより生き物のほうがかわいい」

つねづねそう言っていた五兵衛だから、これを飼い育ててみたくなった。

ところが、すぐに不気味な気配を感じるようになった。身体から発する凶暴さが、猫とは桁違いだったからである。

そして、この「大柄の猫」が自分より大きな、五兵衛がかわいがっていた犬の喉元を食い破ったのを見て、ようやく、

「始末しなければ」

と決心した。

だが、この五兵衛の決心をなだめた者がいた。ちょうどこの頃、この集落に住みついた青山小十郎という侍だった。

青山小十郎はこう言ったのである。

「これはおそらく、虎だ。明国《みん》や朝鮮の山中に棲む凶暴な獣でな」

この頃すでに、明は清《しん》に替わっていたが、青山はともあれこの獣を虎と知りつつ、

「珍しい獣だから、わしがしばらく飼ってみることにしよう」

と言った。

青山小十郎はそれから七年ものあいだ、この虎を飼いつづけた。もっとも腐心したのは餌《えさ》を与えることだったが、幸いこの山の近辺には鹿や野うさぎ、鳥なども多く、弓の達人でもあった青山は、これらを仕留めてきては頑丈な檻《おり》に閉じ込めた虎に、餌を与えつづけた。しかも一年ほど前から、なにやら、虎を育てることを支援する者もあらわれたらしかった。

しかし——。

青山小十郎はつい十日ほど前、突然、この虎を始末すると言い出した。五兵衛の驚きも無視し、檻を開け放つと、虎を斬り殺そうとした。その青山の剣よりも、虎の反撃は俊敏だった。

虎は、青山と五兵衛の喉元を食い破り、内臓などを食ったあと、山中へ逃亡した。

こうして、人肉の味を覚えた虎が野に放たれたのであった。

「青山どののほどのお方が……」

望月竜之進はやはり武芸者だった亡父から、しばしば青山小十郎の剣の見事さを聞かされていた。「豪剣ではないが、どんな姿勢からも繰り出す精妙《せいみよう》な剣

「……」と、亡父は褒めそやしていたものだった。

ただ、人嫌いのところがあり、この十年ほどは奥山に籠もって、ひたすら剣と禅の修養に励んでいるとのことであった。竜之進がこの集落を訪れたのも、ぜひ一太刀なりとも教授してもらおうと思ったからである。

「ふん。なにが、ほどのお方だっ。こんな山奥で剣を振り回し、あげくの果ては虎に食われやがって……」

「もしや、そなたは？」

「その馬鹿な剣術つかいの娘だ。楓《かえで》という」

「そうであったか……」

望月竜之進はあらためて、その楓の顔をよく見た。歳のころは、十七、八といったところだろう。輝く目と、小さな顎を持った美しい娘だった。

「母御《ははご》は……？」

「おらが赤子《あかご》のころ、死んだそうだ」

「そうか……」

娘の今後の身のふり方も気になったが、いまはまず、その虎のことが気がかりだ。

「それで、人の肉の味を覚えた虎が、この集落の者を襲い始めたというわけか」

「ああ……」

「何人、やられたのだ？」

「おやじと五兵衛がやられたあと、すぐに猟師の二人が鉄砲を持って後を追った。だが、何日待っても、帰ってこなかった……」

「鉄砲があったのにか……」

「二日前には、おサヨさんが、ちょっと外に出た隙を襲われた。これで、十人いたこの集落の人間は、七十の爺さまと女子どもの五人だけになった。それで今朝、爺さまとおキクさんが里に助けを呼ぶため、ここを出ていった。おらは、婆さまと子どもの面倒を見るため、ここに残った……もう、終わりだっ」

楓は手を頭に当ててうつむいた。

その楓のようすに、奥にいた老婆や幼女がすすり泣きを始めた。

「泣くな……」

と、竜之進は奥の二人に向かって言った。

「わたしが来たからには大丈夫だ。必ず、助けてやるぞ」

だが、すすり泣きはやまず、楓もまた、小さく開けた窓から、すっかり濃くなった外の闇を、憎しみのこもった目で睨み続けるだけだった。

「とりあえず、この家の中におれば大丈夫だろう。それと囲炉裏《いろり》に薪《まき》をもっとくべろ。獣は火を嫌がるはずだ」

竜之進が指示すると、老婆があわてて薪を追加した。

「明日、陽が昇ってからだな。それよりも、わたしはひどく腹が減っている。なにか食い物はないかのう」

「そこらのものをなんでも食ってくれ。煮炊きする気にはなれねえだ」

楓が指さしたあたりには、栗や大根、柿の実やあけびなどが多量に転がっていた。どうやら食料だけは確保できているらしい。

ひと通り腹に入れて満足すると、竜之進は板の間に上がり、囲炉裏のそばに横になった。

「さあ、お前らも寝ろ。明日はだいぶ、歩かなければならんかもしれぬぞ」

竜之進はそう言って、目を閉じた。

この集落に入ったときに感じた不気味な気配のことを思い出したが、すぐに安らかな眠りへと落ちていった。

二

翌朝、まだ陽は昇りきっていないが、鳥のさえずりがけたたましくなってきたころ——。

竜之進は一人、家の外に出た。

とりあえず、虎をこの目で確かめ、倒す方法を考慮するつもりだった。

歩き出そうとしたとき、後ろから声がかかった。楓だった。

「一人で勝てるわけがない。あの剣術馬鹿も軽くひねられたんだ」

「いや、まだ戦うつもりはない。正体を見極めるだけだ」

「襲ってくるぞ」

「いざとなれば走って逃げるさ」

竜之進がそう言うと、

「ふん」

と、楓は鼻でせせら笑った。笑いから察するに虎という生き物はひどく速く走れるらしい。

だが、竜之進は足には自信があった。

「虎はかなり大きいのか？」

「見ればわかるさ。だが、見たときは、あんたは終わりだ」

「まあ、そう、悲観するようなことばかり言うな」

「ふん」

楓はそっぽを向いた。振り向いた横顔は、乱暴な口ぶりに似合わず、娘らしい。

「では、行ってくるぞ」

「戻ってこなくても探さないぞ」

「わかっておる」

竜之進は、今度は楓の正面の顔を見つめ、それから山道に分け入っていった。

歩きながら、望月竜之進は昔、絵草子《えぞうし》で見た虎の姿を思い浮かべようとした。たしか猫のような顔を持ち、馬のような身体で縞模様《しま》がある獣ではなかったか。だが、どうにもはっきりしない、ぼんやりした記憶であった。

ただ、ほかに妙なことを思い出した。しばらく前に、どこかで誰かから虎という言葉を聞いたのである。

――はて、虎の話など、誰としたのか……。

いくら考えても、どうにも思い出すことができなかった。

どこからか川の流れる音がした。空気も心なしかひんやりとしている。

登り道がなだらかになり、左に大きく曲がっている。その曲がり鼻のところが崖になっていた。

竜之進は崖の縁に立ち、川を見下ろした。ここらは大きな岩盤になっているらしく、岩肌を露出した切り立った崖とわかった。下までおよそ十間（およそ十八メートル）ほどか。澄んで底まで透き通っているが、かなり深そうな流れが見えた。

ふと、左手でかすかな音がした。

竜之進は視線だけをすばやく横に這わせ、静かに刀に手をかけた。

鹿だった。

竜之進が立っているあたりから五間（およそ九メートル）ほど向こうで、藪《やぶ》に顔を突っ込み、草を食《は》んでいた。黒光りする毛と、逞《たくま》しい角《つの》を持った見とれるほどの牡鹿だった。

やがて、鹿と竜之進の目が合った。

――逃げるか……。

と思ったが、鹿は人を見るのが初めてであるのか、とくに怯えたようすもなく、穏やかな目でこちらを見ていた。

だが、ふいに鹿は落ち着きを失った。首を伸ばし、不安気にあたりをうかがうようなしぐさを見せた。

突然、鹿の左手から一陣の黄色い風が立った。凄まじい突風だった。

風は木のあいだをうねるように吹き、身を翻そうとした鹿の首に襲いかかった。瞬間、鹿が鋭く鳴き、風がグオーッと吠えた。それが、初めて見た虎の姿だった。

竜之進は目を疑った。信じ難いほどの大きさだった。頭から尻までの長さはどう見ても二間(三・六メートル)を超えている。それが全身をうねらせるようにして、木のあいだを駆け抜け、大きく跳んで鹿の首根っこに食らいついたのである。機敏な鹿さえ身動きする間もなかった。

鹿は最初の衝撃で首の骨でも折ったらしい。真横に倒れるとぴくりとも動かなくなった。その鹿に黄色い巨体が覆いかぶさるようにして、二度、三度と激しく牙を立て、どうだと言わんばかりに咆哮《ほうこう》した。

――これが虎か……。

竜之進は息を呑んだまま、動けなかった。

——青山小十郎どのが倒されたのも、これでは無理もない。こんな化け物をどうやって倒したらいいのだ。

いくら腕に覚えがあろうとも、たった一人ではとてもこのような巨獣を打ち倒すことはできまいと思われた。

「はっ……！」

竜之進の身体が硬直した。虎の目がこちらを見たのである。

目と目が合った。虎は鹿の肉を貪《むさぼ》るのをやめ、低く唸りながら頭を上げた。

ゆっくりと、頭の位置が高くなった。

竜之進は刀に手をかけた。突進してくる気配はない。しかし、その巨大な姿と、吊り上がった目の威力に、竜之進は完全に気圧《けお》されていた。

異様な力を感じる。いまは動きを止めたその力が、もう一度弾けるときの、速さと破壊力を、その黄色い巨体からひしひしとうかがうことができた。

——これはいかん……。

竜之進はおのれの剣に虚《むな》しささえ覚えた。

ふと虎の身体に動く気配が宿った。肩のあたりの肉が、ググッと盛り上がった。

——駄目だ……！

竜之進は右に跳んでいた。崖から身を躍らせたのである。川に向かって落下しながら、竜之進は恐怖のあまり、思わず叫び声を張り上げていた。

流れはそれほど速くはなかったが、竜之進をたしかに下流へと運んでいた。それでも、頭上からあの虎が降ってくるようで、竜之進は気が気でなかった。

川はしばらく流れると右に少しずつ曲がりはじめ、やがて川底が浅くなってきた。岩がごろごろ転がっているあたりで、竜之進は川から上がった。気のせいとはわかっていても、まだ上流に嫌な気配を感じた。

竜之進は山並みのかたちを眺め、集落の位置の見当をつけると、歩き出した。火を熾《おこ》し、濡れた着物を乾かしたかったが、そんなことをしている場合ではなかった。

——あんな化け物が相手では、楓たちを一刻も早く逃がさなければ……。

山中では方角を見失いがちになる。ようやく昨日歩いた道を見つけたときは、陽は中天《ちゆうてん》にかかっていた。途中、あけびの実を見つけたのでこれを食べ、松の葉を噛みながら、集落まで急いだ。

ようやく集落の入口まで辿《たど》り着いたとき、竜之進の足が止まった。楓たちの籠もっている家から、煙が上がり、粥を炊くような匂いが流れてきたからである。

しかも、複数の男たちが話す声も聞こえてくるではないか。

——そうか。昨日、里へ向かったうちの一人がどうにか辿り着き、虎狩りのための人数を集めてきてくれたのか……。

竜之進はほっとして、走り込むように家に入った。

しかし、竜之進の想像は外れた。

中にいたのは、武士ばかり三人だった。しかも、竜之進が飛び込むと、武士たちは飛び上がるようにして、それぞれ刀に手をかけ、

「討っ手か！」

と叫んだ。

竜之進は突然の殺気に、思わず身を戸外に戻し、刀に手をかけながら、

「そのほうたちこそ、なんだ。虎狩りに来たのではないのか」

と訊いた。

答えはなかった。

しばらくして、ひとりの武士がゆっくりと外に出てきた。上背のある、目つきの鋭い男だった。

「虎狩りだと？　わしらはゆずり受けることになっていた虎を受け取りに参ったのだ」

「虎を受け取りに？　楓。それは本当か？」

竜之進は家の中の楓に声をかけた。

楓が中の男たちのあいだをすりぬけるようにして、外へ出てきた。

「誰かに渡すことになっていたのは本当だ。ときどき来ていた男は、この中には
いないけどな。もっとも、あの男の顔は二度と見たくねえと思ってたから、来な
くてよかった」

「小娘、なにをぬかす」

「ふん」

男は楓の口の悪さにあっけに取られたようだった。

「あの虎は逃げたぞ」

と竜之進が言った。

「それは聞いた。なに、このあたりをうろついているというから、生け捕りにし
てやる」

「生け捕りにだと。おぬし、あの虎を見たのか」

「いいや、まだだ。しかし、われら三人がかりで生け捕りにできぬわけはあるまい」

「生け捕りにな」

竜之進は苦笑し、楓に向かって、

「楓。虎と出会ったぞ」

と、言った。

「よく無事だったな」

「すぐさま崖から川へ飛び込んで逃げた。それでほれ、このざまよ」

着物や袴《はかま》はまだ湿っていた。

竜之進のようすを鼻でせせら笑うようにして眺めて、男は言った。

「まあ、中へ入って飯でも食え。虎のことはわしらにまかせておくがいい」

竜之進は男に促されて、家の中に入った。

奥にいた髪の薄い四十がらみの侍が声をかけてきたのは、腰を下ろしてすぐのことであった。

「おぬし、たしか神田で道場をしておった望月竜之進と申したな……」

三

その男のことはすぐに思い出した。

今年の春頃だった。竜之進の道場へ突然やってきて、出張教授を頼まれたのだ。浪人者たちに、ひと月ほどみっちり稽古をつけてくれという依頼だった。

その際、どこの誰とも名乗らなかった。ただ、示した礼金が多額だったので、竜之進はよく覚えていた。結局、毎日、泊まり込みで教授するという条件が無理で、断わらざるをえなかったのだが。

そして、もう一つ思い出した。

――虎の話はこの男から聞いたのだ……。

男はこう言ったのである。

「道場の窓から見ていて剣捌きも気に入ったが、おぬしの名も気に入った。竜之進はいい。虎はすでに手中にしたので、竜が加われば竜虎となって無敵だ」

なにやら不逞《ふてい》な物言いも、竜之進はうさん臭く感じたものである。

「今田《いまだ》。知っておるのか、この男を?」

「ああ。神田で小さな道場をやっている望月竜之進といわれる人物だ。一度、われらの剣術教授を頼みに行ったのだが、残念ながら断わられた」

「ほう、流派は？」

「三社流といって、足捌きの見事な面白い剣だった」

「三社流？　聞かぬ名だな。流祖は？」

問われて、竜之進は面倒そうに答えた。

「流祖か。流祖は菅原道真《すがわらのみちざね》。身体より頭のほうを多く使うのでな」

そう言うと、相手はムッとした。

「おぬし、あまりふざけないほうがいいぞ。われらはいささか気が立っておるのでな」

望月竜之進の三社流は、どの流派の流れを汲むというものではない。基本は亡父に教えられたが、自らが編み出した新しい流派である。実戦を重視し、常に三人を相手にして習練を重ねた剣だった。だから、三社流とはすなわち三者流なのだが、多少とも威厳をもたせるために、三つの神社に願をかけたからと称することもあったのである。

「大島《おおしま》。あの虎を、どうやって生け捕りにする？」

今田と呼ばれた髪の薄い男が、とりなすように上背のある男に言った。

すると、先ほどからニヤニヤ笑いながら楓の横顔を眺めていた髭面《ひげづら》の男が、

「檻はないのか？」

と、楓に訊いた。

「あるが、それがどうした？」

「かわいい顔して、ずいぶんとんがった娘だな。なあに、そこに餌をしかけてみたらどうかと思ってな」

「おお、木村《きむら》にしてはいい考えだ」

今田が言った。

「よし。その檻を見てみるか」

男たちは立ち上がった。

「おぬしも手伝え」

大島が竜之進を振り返って言った。

「御免だな、生け捕りなど無理だ」

「なんだ、おぬし。剣術の師匠のくせにおじけづいたか」

大島はそう言うと、高らかな笑い声を残して出ていった。

——あのときの依頼は、あいつらに剣を教えることだったのか……。

と竜之進は思った。しかし、あの三人は、立ち合ってみなければわからないが、ある程度は遣えそうな者ばかりだった。とくに、大島という男の身のこなしは、相当できるだろうと思わせるものだった。

——では、あいつらの仲間はもっと大勢いるのだろうか？

竜之進はなんとなく、あの男たちに不穏な匂いを感じ始めていた。

「楓。父御のところへ来ていたというのは侍か？」

と竜之進が訊いた。

「知るもんか。髷《まげ》は結ってなかった。総髪をこうパラッと垂らした気色悪い男だったぞ」

「どういう知り合いだ？」

「同郷の生まれだと言ってたな。江戸にいるとき何度か会ってたらしい。ここには、一年前に訪ねてきたのが初めてだった」

「その男の名は？」

「知らぬ。馬鹿の友だちだから大馬鹿と呼んでいたわい」

あまりの言いぐさに、竜之進も苦笑するしかない。

「父御の故郷というのはどこだ？」

「駿府《すんぷ》から少し東に行った由比《ゆい》というところだ」

「由比だと……」

竜之進の顔色が変わった。

「そういえば……」

と、楓は思い出したらしい。

「名は正雪《しょうせつ》とか言っていたな」

「由井《ゆい》、正雪……！」

この夏、江戸市中を震撼《しんかん》させた男である。

いわゆる慶安《けいあん》事件の首謀者である由井正雪は、数千ともいわれる浪人者を集め、駿府城を乗っ取り、幕府を転覆《てんぷく》させようと謀った。決行の日は七月二十九日と決まり、正雪は七月二十二日に一足先に江戸を出発した。

江戸では丸橋忠弥《まるばしちゅうや》を中心にした一味が江戸の各地に火を放ち、騒乱に乗じて将軍を拉致《らち》し、駿府城へ連れてくる手筈《てはず》だった。

同時に、京、大坂でも反乱の火の手を上げ、日本中を動乱の中に叩き込もうという途方もない計画であった。

だが、江戸に密告者が出て、計画はあえなく発覚。幕府の追っ手がすでに駿府へ到着していた正雪らを取り囲み、自害へと追いやったのである。

なんとも無謀な計画であったが、その背後には浪人たちの不平や鬱屈《うっくつ》がひそんでおり、たまさか発覚したこの計画に幕府の中枢《ちゅうすう》も震撼したのだった。

——もしかしたら正雪は……。

と竜之進は推測する。

——あの虎を江戸に放ち、市中を大混乱に陥れようというつもりだったのではないか。そして奴らも、計画が頓挫《とんざ》した意趣《いしゅ》返しに——。

竜之進の脳裏に、江戸の町を疾《しっ》駆《く》し、屋根の上で咆哮する虎の姿が浮かんだ。

いったいどれほど犠牲者を出すことだろうか。

「楓。父御が虎を始末しようとしたのは、十日ほど前と言ったな?」

「ああ」

「その日、なにがあったのだ?」

「知らぬ。ただ、用事があって、駿府に出かけていき、帰ってくるとなんだか機嫌が悪く、急に虎を始末すると言いだしたんだ」

おそらく青山小十郎はそのとき初めて正雪の陰謀と、まだ残党が逃げていることを知り、この虎を始末しようと思ったのだろう。

竜之進は立ち上がって、窓の外を見た。

「さて、奴らはどんな具合かのう」

三人組は檻のまわりに立ち、なにやら相談でもしているようである。

「あいつら、虎を捕まえたとしても、どうやって運んでいくつもりなんだろう」

と、楓が竜之進の後ろからのぞき込むようにして言った。

「おおかた、首に縄をつけて、引っ張っていくつもりなのさ」

「見ものだな」

楓の声には笑いが含まれている。

そうこうするうち、三人の男たちは相談がまとまったらしく戻ってきた。

「檻に罠を仕掛けるのはやめた」

と今田が言った。

「どうしてだ」

「檻に入れてもまたふん縛るのに手間がいるわ」

「ほう、そこまでは考えが至ったか」

竜之進がからかうような口調で言うと、今田はじろりと睨み、

「この真ん前に罠を仕掛けることにした。縄はないか」

と楓に訊いた。

ついで、髭の木村が熊のように広い肩を丸め、

「おい、虎をおびき寄せる餌にするから、食い物をもらうぞ」

いちおうは断わって、粥の残りや栗、あけびなども持ち出していく。

その後ろ姿をのんびりした顔で眺めながら、竜之進は楓に訊いた。

「楓。虎は栗やあけびも食うのか？」

「そんなもの食ってあれだけでかくなるなら、おらの背はいまごろ杉の木ほどはある」

「楓。そなた面白いのう」

「ふん」

楓は照れたようにそっぽを向いた。

竜之進は外に出て、罠を仕掛けている今田に話しかけた。

「こんな罠で、虎を捕らえられると思うか」

広場の真ん中に粥の鍋やら、栗やあけびなどが置いてある。そのあたりに、縄

でつくられた輪の罠が数本。虎がこの中に足を入れたとき、この縄を引こうという魂胆らしい。

「かかるさ。その虎は二間を超すほどの大きさだといったな。図体が大きいほど動きは鈍い。人でも獣でも同じことよ」

今田の視線の向こうには、縄を手にして木の陰に立っている髭の木村があった。

「おぬし、道場は繁盛しておるのか」

今度は今田が竜之進に訊いた。

「いやあ、弟子たちはひとりふたりと逃げ出して、もうほとんど残っておらんよ。いまでは、浪人の身の上と変わりはない」

竜之進が編み出した三社流はきわめて厳しい鍛練を課すものだった。深夜、悪天候、足場の悪い場所などの悪条件下でも、容赦のない習練が重ねられる。こうした破天荒な習練に弟子たちは逃げ出していったため、竜之進は諸国行脚《あんぎゃ》を余儀《よぎ》なくされていたのである。

もっとも、江戸で道場の経営にあくせくするよりは、旅の空の下にいるほうがずっと気楽なのだが。

「仕官の望みはないのか」

「ないなあ」

「嘘をつけ」

「嘘ではない。そもそも仕官をしたことがないから、思ったこともないのだ」

「おぬしは藩がつぶれて浪人した身の辛《つら》さを知らぬ。武も才覚も、それを役立てる場と、認めてくれる人がなければ虚しいだけだ」

一瞬、今田の顔に辛そうなものがかすめていった。

「おぬし、それではあの虎には勝てぬな」

と竜之進は今田に言った。

「なんだと」

「虎は本来、わが国の山野には棲息しないものだ。おそらく、海の向こうからひそかに持ち込まれてきたのだろう。それがいま、見知らぬ山野でどうにか生きておる。そんな獣に、好んで檻に入りたがっている男が勝てるわけはないではないか」

今田はしばし、憎々しげに竜之進を睨んだが、すぐに気を取り直したらしく、広場のあたりを見て言った。

「よし、だいたいできたようだな」

今田はそれぞれの持ち場についた二人に声をかけながら、広場の中央に歩き出した。

そのときだった——。

左手の森の中から黄色い突風が出現した。まぎれもない虎である。虎は縄の端を持ってのんびり立っていた髭の木村の肩に両の前足を乗せるように飛びつき、そのまま木村を押し倒した。あっという間のできごとだった。

「出たぞっ」

広場の真ん中にいた大島が叫んだ。

しかし、一歩も動こうとはしない。想像を遥かに超えた巨大さと、夢想だにしなかった素早さに度胆《どぎも》を抜かれたらしかった。

「わっ、わあぁ！」

押し倒された木村が、何度か絶叫した。

その声で夢から覚めたように、大島と今田がいっせいに虎へと突進していく。

竜之進も後に続いた。四人が力を合わせるなら、この虎も倒せるかもしれないと、とっさに思った。

「殺すな、生け捕りにしろ！」

大島が叫んでいる。

「馬鹿を言え。四人で刀を突き立てるんだ」

竜之進が刃を突き出すように、大島や今田と並んだ。

男たちが居並ぶさまを見た虎は、わずかに後じさりすると、首を上げ、あたりを睥睨《へいげい》するように頭をめぐらせながら咆哮《ほうこう》した。

その隙に、ようやく髭の木村が腰を浮かせ、這うようにして家の中へ逃げ込んだ。

「逃げるなっ。刃を突き出せ」

竜之進が叫んだが、木村は戻らない。

虎は凶暴な唸り声を上げながら、左右に激しく動いた。こちらの乱れをうかがっているようでもあった。

「引けっ、大島」

「おおっ」

二人も逃げ腰になっている。

「だめだっ。束にならねば、こいつには勝てぬぞ！」

竜之進は虎の動きに油断なく目をやりながら、男たちを叱咤《しった》したが、すでに戦意は失われたようだった。

最初に大島が身を翻した。

続いて、今田が背を向けようとしたとき、大きく宙を跳んだ虎が、今田の背を太い前足で横に払った。

「ターッ」

その横から竜之進が剣を振るった。

ガッという手ごたえがあったが、虎の前足を斬り落とすことはできない。

だが、虎は横っ飛びに身を翻し、激しく咆哮した。大砲でも炸裂したかのような声だった。

「いまのうちに、入れっ！」

叫びながら、竜之進は倒れかけている今田を引きずるようにして、どうにか家へ転がりこんだ。

四

竜之進はしばらく窓から外をうかがっていた。虎の気配はない。ひとまず、どこかへ退散したらしかった。

「どうする？　やはり生け捕りにするか？」

と、竜之進はからかうような口ぶりで、へたりこんでいる男たちを見た。

今田は背に大怪我を負っていた。引っかき傷とは信じられないほど、肉をそがれ、包帯がわりに巻かれた腹巻にも血がべったり滲《にじ》んでいた。

「やめた。山を下りる……」

大島が皮肉な笑いを浮かべて言った。

「あの虎を倒してからにしろ。力を合わせればどうにかなるぞ」

と竜之進は言ったが、大島はそっぽを向いた。

そのとき、楓が横から口を出した。

「情けない奴らだな」

「なんだと」

呻いたのは髭の木村だった。

「なんだ、偉そうな髭など生やしてても、さっきは腰を抜かしたくせに」

「このアマ！」

木村は楓を摑もうとした。

だが、楓の動きは思いのほか素早く、木村の手をかわしながら髭だらけの頬を激しく打った。

「くそうっ」

木村が両手を広げ、抱え込むように突進する。楓もこれには逃げようがなく、仰向けに倒れた。着物のすそがめくれ、楓の白い素足が腿《もも》まであらわになった。しかも、木村は、倒れ込みながら、楓の胸元をちぎるようにこじあけた。

竜之進が素早く動いた。

あっという間に刀を抜き放つと、木村の首筋に刃を押しつけていた。さすがに木村の動きも止まった。

楓の胸元が割れ、豊かな乳房が片方こぼれ出ていた。楓はさほど恥ずかしそうでもなく身づくろいをすると、

「正雪の子分だかなんだか知らないが、情けねえ男たちだな」

と憎まれ口をきいた。

「正雪の子分だと……」

男たちは沈黙し、嫌な目つきが交錯し合った。

楓も、まずいことを言ったことに気がついたらしく、逃れるように竜之進の後

ろに回っていた。

しばらくして――。

長身の大島が、

「さて、逃げ出すとしようか」

ゆっくりと立ち上がった。

同時に、今田と木村も立った。

その動きに油断なく目をやりながら、望月竜之進は言った。

「おぬしたちの考えていることはわかるぞ」

楓が竜之進の背中を離れ、奥の板の間に行って、婆さまと幼女を抱きすくめるのがわかった。

「ほう、そうかな」

「正雪の一味と知られてしまったから、口封じをしなければならない。ついでに、われらを虎の餌にすれば、虎は満腹になって、おぬしたちが逃げるためのときも稼げる。どうだ、図星だろう」

「なるほどな。それもいい考えだ……」

大島が酷薄そうな笑みを浮かべた。

「だが、おまえたちも逃げられぬ。今田は怪我をしておる。虎は、血の匂いを嗅ぎつけ、どこまでも追っていくぞ」

竜之進がそう言うと、今田は、

「うっ……」

と呻いた。

大島と木村は思わず今田の足元に目をやった。そこには、背中から滲んだ血の滴りがあった。

「まず、虎を倒してからだ。それから、わたしらをどうにかすればいいではないか」

と、竜之進が言った。

「それはどうかな……」

大島がそう言ったと同時に、思わぬ行動に出た。刀を抜き放ったかと思うと、振り向きざま、今田を袈裟懸《けさが》けに斬ったのである。

これには木村も驚いた。

だが、吹き上げる今田の血飛沫《ちしぶき》の中で、望月竜之進が素早く動いた。抜き放っていた刀の峰を返すと、手前の木村の首筋を激しく叩き、続いてこちらを振り向いたばかりの大島の手首を撃った。

木村が倒れ、大島が刀を落とした。

複数の敵を相手にする三社流の剣捌きだった。

しかし、まだ動きはあった。肩口から胸まで割られていた今田が最後の力をふりしぼり、大島の背に剣を突き立てるように倒れこんだのである。

大島は、背に剣を立てたまま、ふらふらと二、三歩ほど歩き、それから棒のように後ろに倒れた。はずみで剣先が胸から飛び出してきた。

家の中に、血の匂いが充満した。

竜之進は大島と今田がどちらも事切れているのをたしかめると、しばらくなにごとか考えていたが、

「楓。手伝え！　こいつらを外の広場に並べるのだ」

と言った。

「お前、なにをする気だ？」

すでに死体を動かしだしている竜之進に楓が訊いた。

「これで、虎をおびき寄せる」

「おびき寄せるだって！　じゃあ、お前、虎と戦うつもりなのか？」

「ああ。父御の仇を取ってやるぞ」

「馬鹿じゃないのか」

楓の呆れ顔をよそに、竜之進は急いで二つの死体と気を失っている木村を家の前に並べた。

「楓。もしもわたしもやられたら、婆さまと子どもを連れて山を下りろ。いくらあやつでも、四人分を食いつくすまでには、だいぶときもつかうだろうよ」

望月竜之進は楓に微笑みかけ、横たわっている三人のあいだに、ごろりと横になった。

五

四半刻《しはんとき》（三十分）ほど経っただろうか――。

途方もない力を秘めた凶暴な意志が近づいてくる気配があった。

望月竜之進は、目を開けたまま、横になっている。抜き身の大小を両手に握り、瞬時に刀を振り回せる体勢である。

竜之進の左手には、気を失っているだけの髭の木村が横たわっている。右手にはすでに死体となっている今田と大島がいる。

いったい虎は、誰から順に食していくつもりか。竜之進の番が来たときこそ、勝負のときになるはずだった。

足元の方角の森の中から、グルルという低い声が聞こえてきた。竜之進は目だけを動かしてそちらをうかがう。虎はゆっくりと歩みを進めてきた。

先ほど、肩先あたりに竜之進の剣が食い込んだはずだが、跛行《はこう》の気配はない。

虎は数歩手前で立ち止まり、こちらの気配をうかがっているらしかった。

——やはり、やめておけばよかった……。

と竜之進は思った。

賢い獣なのである。死んだふりなどという姑息《こそく》な手段への期待は、あっという間に遠ざかっていた。

突然、虎は大きく跳躍した。下りると同時に激しく吠えたてながら、前足で大島の死骸を払った。大島の死骸が一間（およそ一・八メートル）ほども横にふっ飛んだ。凄まじい力である。肉片がはじけ飛んだようでもあった。

——うわっ……。

竜之進はそっと目をつむった。なにかに祈りたい気分でもあった。

そのとき、竜之進の左手で、

「うーむ」

という声がした。木村が意識を取り戻そうとしているらしい。虎が瞬時にこちらを振り向いた。かすかに目を開けると、竜之進を見ているようだった。

――わたしじゃないぞ。隣の男だ……。

と言いたかった。

「うーむ」

と、もう一度、木村が呻いた。

――起きるなら早く起きろ！

竜之進は怒鳴りつけたかった。

威嚇《いかく》しようというつもりか、虎が一声、天に向けて吠えた。

その声に、木村がぴくっとなって跳ね起きた。すぐに虎の存在に気がついたらしく、

「なんじゃあ、これは！」

と叫んで立ち上がろうとした。

しかし、そのとき、竜之進の顔の上を、巨大な黄色と黒の縞模様が横切ってい

った。

ただ一撃だった。

木村は強風に飛ばされたかかしのように宙を舞い、数間先に転がった。悲鳴すらなかった。

木村が多少なりとも持ちこたえて、虎と渡り合ってくれていれば、竜之進も跳ね起きて、背後から虎に斬りかかっただろう。だが、そのいとまも隙も皆無だった。

そればかりか、虎は木村の腹を食い破り、その臓物《ぞうもつ》を貪り出していた。これほど嫌な音もそうはないだろうと、竜之進は耳をふさぎたかった。

――あいつの弱点はどこなのだ……。

竜之進は恐怖に耐えながら、攻撃法を見つけようとした。まともに向かい合っても、あの前足の一撃と重量の凄さに圧倒されるだけだろう。弱点を素早く、的確に突く以外、勝てる方策はなさそうだった。

――目か……。

と竜之進は思った。しかし、あの前足の動きをかいくぐって、目を狙うのは至難なことに思えた。

ひとしきり木村の臓物を貪った虎は、ふいに顔を上げて、こちらを見た。そして、ゆっくりと竜之進のところに近づいてきた。

——ついに、来た……。

竜之進は虎と目を合わせたりはせず、しかし虎の動き全体を視界の中にとらえた。

虎は竜之進の全身を眺めるように、いったん横を素通りしていく。

全身に油を塗ったような見事な毛艶。何人もの肉をおさめた下腹はぽってりと、気味が悪いほど柔らかそうで、奇妙な艶っぽさすら感じさせた。

前足に傷があるのも見えた。竜之進が斬りつけた痕だろう。左の脇腹には、銃弾を受けたような傷もある。やはり猟師たちから何発かの銃弾は食らっていたのだろう。

——まだ、今田の死骸があるだろう。こっちへ来るなよ……。

竜之進は気が気でなかった。

足元のほうまで行った虎が、ふいに向きを変え、竜之進の頭のほうにやってきた。

なにか、妙な気配を感じているといったふうだった。

虎が竜之進の顔をのぞきこんだ。

巨大な顔だった。

表情などはわからない。ただ悪夢のような異形《いぎょう》の顔が視界いっぱいに広がった。

叫び出したいのを竜之進はこらえた。

目と目が合った。

そのとき、竜之進の身体が無意識のうちに動いた。

右手の刀を思い切り虎の腹——あの、なまめかしさすら感じたぽってりとした腹に、深々と突き立てた。

虎の目に驚愕《きょうがく》が走ったように見えた。

同時に、竜之進はその刀の峰に足をかけ、渾身《こんしん》の力でえぐるように蹴った。刃は虎の腹を真っ直ぐに走った。

グォーッ。

という突風のような声を上げて、虎が後ろに一間ほど飛びすさった。

弾けるように竜之進も飛び起きた。

いったん低く身構えた虎の腹から、どさっという音とともに、多量の臓物がこぼれ落ちるのを見た。

やったか……。

竜之進の胸に安堵の気持ちが湧き上がろうとしたとき、虎はもう一度、跳躍した。

まっすぐに竜之進の顔へ飛びこんでくる。それを斜めにかわしながら、竜之進は剣をはらった。

虎の右耳から目にかけて、刃が薙《な》いだのを感じた。

虎はすれちがい、着地すると、そこで奇妙なかたちでどっと倒れた。

その背に向かって、竜之進は大小を、さらには今田や大島の大小も取って、次々と突き刺していた……。

いつ、楓がそばに来たのか、竜之進はまるで気がつかなかった。風が落ち葉をさざ波のように運んでいて、それらは虎の死骸にも積み重なりつつあった。黄色と黒の縞模様は、まるで落ち葉の塊《かたまり》にも見えた。

「やったな……」

楓が竜之進の耳元で言った。

「ああ」

と答えたが、喜びはひとかけらもなかった。むしろ、尊敬していた武芸者を倒してしまったような、後味の悪い虚脱感だけがあった。獣の顔をした英雄が遥かな旅をしてきて、ついにこの地で死んだのだった。

竜之進は黙禱《もくとう》でもするかのようにうつむき、腰を下ろし、地べたにしゃがみこんだ。

なぜか泣けてきた。

「なぜ泣く？」

楓が訊いた。

「さあな」

「悲しいか？」

「悲しいな」

竜之進は答えた。だが、悲しいだけではない。感動のようなものもある。

すると楓は赤子に言うように、やさしく、だが早口で言った。

「いまから、粥をつくるぞ。うまい粥をつくってやる。身体があったまるぞ。それを食って、休め。それで、寝ろ」

竜之進はぼんやりと楓の顔を見た。

目が輝き、竜之進はまるで牝の虎のようだと思った。だが、この牝の虎は、ひどくやさしげに、望月竜之進の頬に手をあててくれるのだった……。

第五話　武田信玄《たけだしんげん》の牛

一

「暴れ牛だ」

声が聞こえたと思うと、宿場全体が人の動きなどで急に揺れ出したみたいだった。それでなくとも埃《ほこり》っぽい街道なのだが、土煙が漂い、視界が悪くなった。

茶店で団子を頬張っていた望月竜之進は、これから行こうとしているほうの道を見た。

なるほど、なにやら巨大な生きものが暴れているらしい。

牛だと言っているが、色は猪《いのしし》に似ていた。それが、街道を凄い勢いで突っ走って来たかと思うと、いきなり道沿いの宿の入口の方に向きを変え、前にいた二人の男をはね飛ばした。その飛びっぷりで、凄まじい力が加えられたことがわかる。猪ではなく、巨大な牛であることは間違いなかった。

「きゃあ」

女の悲鳴が上がった。

つづいて牛は、野菜売りの台を角で持ち上げ、しこたま載っていた野菜とともにぶちまけた。

牛は、まるで背中に気持ちの悪いものでも張り付いているかのように、身をよじらせながら跳ね回っている。

「狂ってるぞ！」

そう言った男が、高々と放り投げられた。

竜之進は、未練たらしく団子を一つ口に放り込み、もぐもぐさせながら、

「どこの牛だ？」

と、茶店のおやじに訊いた。

「さあ。このあたりの百姓は、たいがい牛を飼ってますので」

「あれじゃあ、まだまだ暴れるな」

「そうみたいですね」

茶店のおやじは、柱に身を寄せ、逃げる用意をしながら言った。牛は次第にこっちに近づいて来ている。

「どけ、どけ」

宿場役人らしき男が、博労《ばくろう》らしき男たちと、棒や梯子《はしご》を持って駆けて来た。

「生け捕りにするぞ。皆も騒がせるな」

だが、掛け声ばかりは勇ましいが、牛に向かって近づくようすはない。遠巻きにしたまま、

「飼い主はおらぬのか?」

などと叫ぶばかりである。

牛は閉じ込められる恐怖のあまり、梯子に向かって突進する。すると、役人や博労たちは四方八方に逃げ惑う。それが三度、四度と繰り返される。動揺と恐怖にまみれた光景なのだが、どこか滑稽な感じもしてしまう。

そのうち、江戸のほうから駕籠《かご》がやって来て、ちょうど竜之進のいる茶店の前で止まった。駕籠の周囲には、五人ほどの武士たちがいて、

「止まれ。なにか騒ぎが起きているみたいだ」

「牛が暴れているようだな」

「宿場役人はなにをしているのだ」

そうは言うが、刀を抜いて向かって行く者はいない。

そのうちに牛はこっちを向き、まるで気に入らぬものでもあるように、しきりにいきり立つようすを見せた。

「まずいな、こっちに来るぞ」

と、竜之進は言った。

「おい、逃げろ」

「信二郎《しんじろう》さま。こちらへ」

武士たちは、慌てて駕籠の簾《すだれ》を上げると、乗っていた者を外へ連れ出した。

それはまだ少年だった。少年は、怯えてはいるが落ち着いたようすで、茶店のなかへ入って来た。

「あ、来た！」

茶店のおやじが叫んだ。

じっさい、牛は猛然と、こっちに駆け出していた。

「おやじ、こののれんを借りるぞ」

竜之進は、軒先にかけてあったのれんをひっぺがすように摑んだ。赤い地のよく目立つのれんで、「だんご」の文字が白抜きになっている。

このれんを右手に持ち、竜之進は道の真ん中に飛び出した。

「ほうれ、来いよ、来い、来い」

赤いのれんを旗のように振り、牛をおびき寄せる。

——あれを試すしかないか。

と、竜之進は思った。

あれとは、三社流のなかにいくつかある秘剣の一つである。

〈秘剣牛《うし》の首《くび》〉

牛の首を落とすためというより、太い首を思い描いたら、それが牛の首だった。

つまりは、太いものを一太刀でぶった斬る技で、たとえば〈秘剣松の幹〉という名でもよかったのである。

型を極限まで洗練させて、想像の上でつくった秘剣である。

だから、本当に牛を相手に遣う日が来るとは思わなかった。

目の当たりにすれば、牛の首というのは、首というより単なる胴の始まりと言えるくらいに太い。

しかも、ふだんののんびりしたようすが信じられないくらい、獰猛《どうもう》な悪意すら感じさせている。

なにがあったかわからないが、これ以上暴れれば、死人が出てもおかしくない。

「可哀そうだが、斬らせてもらうぞ」

牛もまた、竜之進に敵意を感じたのかもしれない。ひらひらさせているのれん目がけて突進して来た。

角をのれんに突き立てようとする寸前に、竜之進はそれを牛の顔に投げつけた。

牛がそのまま勢いづいてすり抜けようとするところへ、わずかに体《たい》をかわしながら、すばやく抜き放った刀を叩きつける。斬るというよりは、割るという気持ちである。

大木のごとく太い牛の首。

それを真上から一撃する。

がつんという衝撃のような手ごたえだった。

だが、竜之進はそのまま腰を落とした。

ずどん。

と、牛の首が落ちた。

二

「ごん、ごん！」

百姓が叫びながら駆け寄って来た。

ごん、とは牛の名前らしい。

「きさまの牛か？」

宿場役人が訊いた。

「はい。おらの牛です。ああ、こんなになっちまって」

百姓は、泣き声とも悲鳴ともつかない声を上げ、牛の背に手を当てた。

首は横を向いたが、胴はうつぶせるように倒れており、おびただしい量の血が、溜まりをつくっていた。

「仕方あるまい。ここで大暴れしたのだ。なにをしていたのだ？」

「畑で休ませていたところに、旅の侍たちが近づいて、なにかいたずらをしたみたいなのです。急に暴れ出しましただ」

「その侍たちはどこにいる？」

「さあ」

「だいたい、きさまがちゃんとつないでいなかったからだ」

まるで百姓が悪いみたいな言い方である。

「この侍が斬らなかったら、死人も出ていたかもしれぬぞ」

「はあ」

百姓は竜之進を見た。少し恨みがましい目である。

「すまぬ。牛は可哀そうだったが」

と、竜之進は頭を下げた。

「まったく、弱ったものだ。この牛の死骸はきさまが片づけろ」

宿場役人は、不機嫌そうに命じた。

「はい」

これで、終わるはずだった。

そのとき、馬に乗ったやけに偉そうな男がやって来て、

「甲府《こうふ》藩宿場奉行の森尾大膳《もりおだいぜん》だ」

と、名乗った。

宿場役人が慌てて数歩下がり、頭《こうべ》を垂れた。

「どうした？　なにがあった？」

「は。じつは……」

宿場役人が、これまでの経緯《いきさつ》を説明した。

すると、宿場奉行とやらは、竜之進を馬上からねめつけて、

「そのほうか、牛を斬ったのは？」

「さよう」

「牛殺しは、家康公が禁じられたこと。この甲府藩でも当然、それは同様のことだ」

「だが、放っておけば宿場に人死にが出たかもしれませんぞ」

「牛など暴れたくらいで、人は死なぬ」

「暴れるさまを見たのですか？」

「見なくてもわかる」

「牛と人とどっちが大事なのです？」

「そういう問題ではない」

「どういう問題です？」

「家康公が定められた法度を破ったか、守ったかの問題であろう。法というのは

そういうものだ」

「そんな馬鹿な」

竜之進は軽く笑って言った。

その態度がカチンときたらしい。

「そのほう、どこかの藩士か？」

「いや」

「幕臣か？」

「ただ剣術を教えているだけの者」

「浪人ではないか」

宿場奉行は、あからさまな侮蔑を込めて言った。

「いかにも浪人だが」

あるじは剣で、幕臣でも藩士でもないことを恥じたり卑下《ひげ》したりする気持ちはない。むしろ、気は楽である。

「詳しく調べる。藩の詰所まで参れ」

「それは困るなあ」

思いがけないなりゆきである。

とばっちりとしか言いようがない。人助けのため、やむなく牛を斬ったのが、とんだ目に遭っている。

「おい、この者を連れて行け」

森尾は最初にやって来た宿場役人に命じた。

この役人も困った顔はしているが、どうせ上司の命令に逆らうことはできないだろう。

「早くせい!」

森尾が怒鳴ったとき、江戸とは反対のほうから、駕籠がやって来た。見覚えのある駕籠で、引き返して来たらしい。

駕籠から少年が降り立った。

「やはり、こんなことになっていたか。もしかしたら、宿場の危機を救ったお人が、牛を斬ったかどで咎められるかもしれないと思い、引き返して来たのだ」

少年は、馬上の奉行に言った。

「なんだ、この子どもは?」

宿場奉行は、少年の後ろに立った武士に訊いた。顔見知り同士らしい。

「森尾、口を慎め」

「なに？」

「江戸家老の桑木《くわき》信春《のぶはる》さまのご長男で、綱重《つなしげ》さまの遊び相手でもある信二郎さまだ」

「なんと綱重さまの遊び相手……」

それには恐れをなしたようだった。

三

「この人が危険を冒し、牛を斬り倒したからこそ、わたしも無事だった」

桑木信二郎は、馬から降りた宿場奉行をまっすぐ見て言った。

「そうでしたか」

「この人は、街道の治安を守り、領民の無事に力を尽くした。そして、牛の首を斬ったのもそれがためになしたこと。咎めだてする必要はないものと思う」

「どうだ、森尾？」

桑木信二郎の後ろにいた武士が訊いた。

「仰せの通り。この者を咎めはいたしませぬ」

宿場奉行は桑木に向かって言った。

「それでいいでしょう」

桑木信二郎はうなずいた。

いったい幾つなのか。見た目は十一、二歳というところだが、そのわりにはあまりに利発で、堂々としている。

「それよりも森尾、街道でずいぶん評判の悪い連中がいて、ここにも入って来ているようだぞ」

と、桑木の後ろの武士は言った。

「ははあ。聞いている。五人連れの浪人者だろう」

そのやりとりを聞いた百姓も、

「あ、おそらくその浪人者たちです。さっき、おらの牛を暴れさせたのは」

と、言った。

「そいつらを追ったほうがいいのではないか」

「わかった」

宿場奉行は桑木信二郎に一礼し、馬に乗って立ち去った。

「では、われらも」

そう言って、桑木信二郎たちもいなくなった。

「無事に済んでよかったですね」

茶店のおやじが言った。

「うむ。一時はどうなるかと思った。団子も途中だったのに」

竜之進は下に落ちた団子をうらめしげに見た。皿にはあと二つ、団子が残っていたのだ。

「ああ、それはそれは。代わりをお持ちしましょう」

おやじはそう言って、皿に十個ほど載せてきた。

「え、こんなに？」

「危ういところを助けていただいたお礼ですよ」

「それはありがたい」

竜之進は喜んで団子を頬張り始めた。

「まったく、浪人五人組のせいですな。あたしもここを通るのを見ました。まあ一目見て、ろくな連中じゃなかったです」

「ああ」

その浪人たちとは、竜之進も途中の勝沼《かつぬま》の宿場で出会っている。

こともあろうに大声で、

「江戸で押し込みをして来たから、金はたっぷり持っているぞ」

などと話していた。

いかにも凶悪そうな五人組で、皆、関わりたくないから聞こえないふりをしていたが、あれはたぶん本当の話ではないか。

「信玄の隠し湯というのはどこにある？」

などとも訊いていた。

どうやら、押し込みで得た金で、江戸での悪事のほとぼりが冷めるまで湯治《とうじ》でもしようという魂胆らしかった。

じつに呆れた連中である。

やつらはすでに、甲府の町に入っているだろう。

——面倒なことにならないとよいが。

と、竜之進は思った。

望月竜之進は、甲州《こうしゅう》に来ていた。

ここは慶安四年（一六五一）に甲府藩十五万石ができ、徳川家光《いえみつ》の三男である綱重が治めている。

が、綱重はまだ九歳で、じっさいは幕閣《ばっかく》や重臣たちが治めているのだろう。

思わぬ足止めを食らったのは、甲州街道石和《いさわ》の宿。

次が、甲府の城下である。

四

竜之進は、城下の大きな武具屋〈甲州屋〉の店先に立った。

甲州屋はここ甲府に本店があるが、江戸店《だな》も持っている。

一年ほど前、まだ若いあるじの六右衛門《ろくえもん》が江戸に来ていたとき、竜之進が危機を救ったことがあり、

「甲府にもぜひ、お訪ねください」

と、言われていたのだった。

帳場にいたその六右衛門は、すぐに竜之進を見つけ、

「望月さま」

と、算盤《そろばん》を放るようにして、飛び出して来た。

「言葉に甘えて訪ねて来た」

「ええ、どうぞ、どうぞ。お好きなだけ泊まってってください」

笑顔で招き入れてくれた。

「じつは、甲源一刀流《こうげんいっとう》の剣技を知りたくてな。どうも〈音無《おとなし》の構え〉というのがあるらしい」

「甲源一刀流。ははあ」

と、難しい顔をし、

「近ごろはすたれておりましてな、韮崎《にらさき》のほうに道場があると聞いたことはあります」

「甲府に道場はないのか」

「ちと、番頭に訊いてみましょう。仙蔵《せんぞう》、お前、甲源一刀流のことはなにか知らないかい？」

と、六右衛門は客を送り出したばかりの番頭に訊いた。

「そっちの八幡《はちまん》神社の境内でよく稽古していたお侍は、甲源一刀流という剣法だったような気がします」

と、番頭は言った。

「八幡神社か」

「信玄《しんげん》公の遺風が残っているところに、徳川さまが入って来たため、昔からの剣法はやりにくいのでしょう」

と、六右衛門が事情を説明した。

「遺風がねえ」

「いまでも、ひそかに信玄公をお慕いする向きがございます」

「信玄公が亡くなって、どれくらい経つのだろう？」

と、竜之進は訊いた。

「もう八十年くらいになりますか」

「であれば、直接、お会いしたことがある人もいないだろう」

「そうですね」

「なのに、いまだに遺風が残っているというのは、信玄公は、よほど領民たちに慕われたのだろうな」

竜之進は、正直、そういう気持ちはわからない。あまり一つの土地に縛られるような生き方をしてこなかったせいもあるだろう。

この晩は六右衛門と、遅くまで江戸の近況などを語り合った。

翌朝——。

竜之進は、八幡神社に行ってみることにした。

八幡神社は甲州屋からもすぐのところだが、山の麓にあって、杉の林に囲まれていた。

鳥居をぐぐってしばらく行くと、なにやら騒ぎが起きていた。

野次馬もずいぶん集まっている。

「なにかあったのか?」

と、竜之進は、大根を両手にぶら下げた女に訊いた。

「人が殺されて木に引っ掛かっていたんですよ」

「ああ、あれか」

たしかに本殿に近い杉の巨木の、てっぺんに近いあたりに、人が引っ掛かっている。

その周囲に大勢が集まって、上を見上げている。地上からは四、五間くらい上で、あそこまで持ち上げるのはかなり大変だったろう。

「早く下ろせ!」

「おれたちがやってやるぞ」

「ぐずぐずしやがって」

などと怒鳴った男たちに見覚えがある。

勝沼の宿で見た五人組ではないか。

文句を言われながら、役人らしき男たちが遺体を木から下ろした。遺体の腹には二カ所、突かれでもしたように血が滲んでいた。

「近藤《こんどう》！」

「くそ。誰がこんなことを？」

「斬られたのではない。なにかで突かれたようだな」

「なんだと」

どうやら、五人組の一人が死んだらしい。

浪人たちは、仲間の遺体を調べている。刀傷のようなものはないらしい。

「誰かと揉《も》めごとでもあったのか？」

と、ここの役人が訊いた。

「そんなものはない。女郎《じょろう》屋の帰りに、こいつが急にいなくなったのだ。まさか、こんなことになっていたとは」

野次馬たちがこそこそ言っている。

「なんだ、貴様ら。なにが言いたい」

浪人たちが脅すように訊いた。

「いや、黒牛《くろうし》さまのなさったことではないかと」

百姓らしい男が答えた。

「黒牛さま？　なんだ、それは？」

「牛にひどいことをなさっていませんか？　そういうことをなさると、黒牛さまは怒りますぞ」

「なにをくだらぬことを」

「黒牛さまはほんとにおられるだよ」

「では、必ず仕返しはすると、その黒牛とやらに言っておけ」

「言っておけとおっしゃられても」

そこへ宿場奉行の森尾大膳が、数人の中間とともに駆けつけて来た。近くに役所があり、そこで騒ぎを聞いたらしい。

「そのほうらの仲間か」

「そうだ」

「そのほうたち、宿場ごとにいろいろ騒ぎをつくっているようだな」

「なんだと？　わしらがどんな悪いことをしたというのだ？」

「勝沼の宿で、娘を手籠《てご》めにしただろう」

「手籠めになどせぬ。向こうが誘ったのだ」

一人がそう言うと、あとの三人はへらへらと笑った。

「石和の宿場では、牛を暴れさせただろう」

「馬鹿を言え。撫《な》でてやっていたら、急に暴れ出したのだ。あれはよほど馬鹿な牛だったのだ。ちゃんとつないでおかぬ百姓に落ち度があったのだろうが」

まるで、畏れ入ったりするようすはない。

それどころか、

「おい、田舎役人。わしらは、きちんと通行手形を持って、江戸からやって来たのだぞ」

と、逆につっかかった。

「それはそうだろうが」

「そうした旅人をこのように扱っていることは、江戸の役所で詳しく話すからな」

「ううっ」

「もしかしたら、わしらは幕府の密偵かもしれぬぞ」

密偵が密偵だなどと言うわけがない。それなのに宿場奉行は、

「密偵だと？」

と、顔を強張《こわば》らせた。

「それをこんな目に遭わせたりしていいのか？」

「そ、それは」

「できたばかりの藩がつぶれるぞ」

ほとんど脅しである。しかも、森尾大膳にはその脅しが効いたらしく、顔を真っ赤にして憤然とするばかりだった。

五

密偵のわけがない、こやつらは江戸で押し込みを働いているから、いったん牢にでも入れてから江戸に問い合わせるべきだと、そう言ってやろうとしたとき、

「もし」

と、後ろから声がかかった。

「ん？」

振り向くと、少年——桑木信二郎がいた。

「昨日のお人ですね。お名前は？」

「望月竜之進といいます」

「凄いですね、あれ」

少年は怯えた顔で言った。遺体を指差している。

「凄い？」

「人のしわざではないでしょう。あんな高いところまで放り投げるなんて」

「……………」

放り投げたわけではなく、梯子だの綱だのを使って、あそこまで持ち上げたのだろう。人ができないようなことではない。

だが、桑木信二郎は、そうは思わないらしい。

「黒牛さまというのは、もしかしたら本当なのかも。困ったことです」

「なにが困るのです？」

竜之進は、つい訊いてしまった。

「この地を治めるのにです」

「ははあ」

要は、江戸とは違うこの地方の因習《いんしゅう》のことだろう。そうしたものは別に治めなくてもよいのではないかと、竜之進は思ってしまう。

だが、この少年には、つい手助けしてあげたくなる、可愛らしさがある。

「わたしの屋敷はすぐそこです。お寄りになりませんか？」

「しかし……」

あの江戸から来た浪人者たちを見ると、仲間の遺体を引き取って、どこかに行ってしまった。竜之進が口を挟めば、今度はここの役所に嫌がられるのかもしれない。

「望月さま、ぜひ」

「そうですな」

急ぐ旅でもないので、寄ってみることにした。もしかしたら、甲府で弟子ができるきっかけになるかもしれない。

武家屋敷が並ぶ整然とした通りをしばらく歩き、

「ここです」

「ほう」

桑木の父が江戸家老だとは、昨日のやりとりで聞いたが、国許の屋敷も二千坪ほどはある立派なものである。

中庭に面した、南向きの奥の座敷に通された。

「ここがわたしの部屋です」

十畳間ほどだが、壁の片側に本棚がしつらえられ、膨大な書物が並べられている。

「凄い量の書物ですな」

「いいえ、まだまだ購《あがな》いたい書物は山ほどあります」

「桑木さまはおいくつになられました？」

と、竜之進は訊いた。

「九つです。藩主・綱重さまと同じ歳です」

「九つ！」

自分が九つのときを思い起こすと、剣術のほかには水練《すいれん》しかしていなかった気がする。たぶんまだ字は読めなかったのではないか。

「じつは、綱重さまがお国入りしたときのため、領内のようすを同じ歳の遊び相手の目で見て来るように言われて参ったのです」

「そうでしたか」

「綱重さまは、お身体があまりお丈夫ではない」

「ははあ」

「それに、黒牛さまのような妖怪変化《へんげ》の類いも苦手にされている」

「ほう」

「つねにお側にいるわたしが、剣術が得意であればよいのだが、綱重さまを妖怪からお守りするには、弱すぎる」

桑木は情けなさそうに言った。

「まだ九つでしょう。あまり決めつけぬほうがよろしいかと。まだまだ上達なさるお歳ごろです」

「そうか。だが、いまはまだ弱い」

「………」

自覚があれば、上達もするはずである。だがいまは、変な慰めは言わないことにした。

「それにしても、黒牛さまは気がかりだ」

「黒牛さまねえ」

と、竜之進は笑った。

「望月さまは信じておられぬ？」

「そうですな」

「このあたりには、昔からある話だそうですよ。湧き湯を飲み、それに浸かって育った黒牛がすでに百年ほど生きていて、妖《あや》かしのようになっているそうなのです」

「……………」

顔を見ると、本気である。

これほど賢い子でも、そうしたことを信じるのが、子どもたる所以《ゆえん》なのか。

「長く生きたものは変化すると言いますね」

「さあ、どうでしょうな」

「江戸屋敷では猫又《ねこまた》の話を聞きました」

「そう言いますな」

「九尾《きゆうび》の狐も女に化けたし」

「見たことがないので、それはなんとも」

「黒牛さまがいても不思議はない」

「……………」

こうまで信じると、考えを変えるのは容易ではないだろう。

たとえば、一晩、この少年といっしょにいて、妖かしを感じたというとき、その正体を捕まえるなりしてみせてはどうだろう。一瞬、心が動いたが、やはり猫又や九尾の狐が現れるのを待つ暇はないと思い直した。

すると、なにか考えていた桑木信二郎が、

「望月さま。黒牛さまのこと、探ってはもらえませんか？」

と、遠慮がちに言った。

「わたしが？」

思わず、自分に指を向けた。思いがけない依頼である。

「ええ。暴れ牛を一刀のもとに倒された。あれほどの剣技を持った者でなければ、化け物の正体を暴くことはできないでしょう」

「ですが、おそらく人のしわざということになりますぞ」

と、竜之進は言った。

それで皆、落胆したりするのである。

人々は心のどこかで妖怪変化を信じたいのだ。

「人のしわざ?」

「それでもよろしいですか?」

竜之進は、念を押した。

「もちろんです。わたしは人智《じんち》を超えたものは信じるが、安易にそれですませてはいけないとも思っています」

「それは素晴らしい」

であれば、いずれ迷信は消えるだろう。

「お礼のことは用人と相談いたしますが」

「それはお気になさらず」

「わたしは三社流の弟子になります」

「それはそれは」

「ぜひ、真実を明らかにしてください」

「わかりました。お引き受けしましょう」

弟子の願いは断われない。

六

あれが黒牛さまとやらのしわざだとして、では、なぜ、あの浪人を殺したのか？

それを調べるにも、浪人たちを追うのがいいだろう。

八幡神社にもどって、近くにいた神官に訊くと、

「仲間の遺体は、そっちの法厳寺《ほうげんじ》に埋葬を頼んで、自分たちはいまから湯《ゆ》の島《しま》に行くと言ってましたな」

と、言った。

「湯の島？」

「そっちに行くと、かつて信玄公がお住まいになられた躑躅《つつじ》ヶ崎《さき》の館《やかた》があります。その横を通って、北の谷間のほうに行くと湯の島です。信玄公の隠し湯の一つで、いまは湯宿もできてます」

神官は、西の山のほうを指差して言った。

「温泉かあ」

竜之進も温泉は大好きである。

「混んでるかな？」

湯治の客が大勢いるなかで、揉めごとなどはつくりたくない。

「いやあ、まだ、稲刈りも終わらず、暑いうちには熱い湯に入りたがるのは、そんなにいないでしょう」

竜之進も行ってみることにした。

谷間を進むうち、道端のところどころに石垣があったりする。

かつての城跡なのだろう。

そういえば、聞いたことがある。

信玄公は、「人は石垣、人は城」と言い、自分も躑躅ヶ崎の館に住んで、城は使わなかったと。

だが、それは建前で、本当は躑躅ヶ崎の背後にいざとなると籠もることができる山城が築いてあったと。

それがこれなのではないか。

途中から温泉の匂いがしてきた。ただ、白い色の温泉にありがちな、卵の腐ったような臭いとは違う。かすかな、土のような、草いきれのような匂いである。

竜之進は以前、切り傷を治すのに、半月ほど箱根《はこね》の塔之沢《とうのさわ》というところで湯治をしたことがある。あれはじつにいいものである。傷の治りは早く、溜まっていた疲れはすっかり消えた。

あのろくでもない連中でも、湯の心地よさは同じらしい。

湯宿の前に来た。

粗末なつくりだが、二階もある大きな建物で、これなら四、五十人くらいは泊まれるのではないか。

「いまは何人くらい泊まっている?」

竜之進は、湯宿のあるじに訊いた。

「先ほどお武家さまの四人連れが入りまして、ほかには町人や百姓が五人ほどいるだけですが」

「わたしも泊まりたいのだ」

「自炊してもらうことになりますが」

東海道筋では、飯を出す宿も出てきているが、ここらはそんなものだろう。

「米は売ってもらえるのか?」

「ええ。米も薪も売りますよ」

ます」

「それならかまわぬよ」

「鍋などは、台所にあるのを使ってください。湯は朝から晩まで、いつでも入れます」

「そりゃあいいな」

起きてすぐ入る湯は、極楽と言いたいくらいである。

「まあ、ここの湯には凄い効き目があります」

「そうなのか」

「不老不死になります」

「そんな馬鹿な」

「まことです」

さらに、宿のあるじはあたりを見回し、

「信玄公はまだ生きておられます」

と、小さな声で言った。

湯船は細長いひょうたんのようなかたちをしていた。

湯はさらにその上のほうから湧いて、細い溝を流れて、いったんこの湯船に溜まるらしい。ここまでに湯は適度にぬるくなり、湯船は絶妙の湯加減になっていた。上から流れて来る湯の量は、ほとんど滝のように豊富で、なんとも贅沢な気分である。湯の色はとくについていないが、ぬるっとした感触がある。

まだ、陽は沈み切っていないが、湯気のせいで視界は悪い。

竜之進は、湯船の下手のほうに身を沈めた。こっちのほうが、いくらかぬるいはずである。

先客が一人いて、首まで浸かっている。こちらの湯船は六畳間を丸くしたくらいの大きさだから、二人で入ったくらいではまったくゆとりがある。湯船は杉の板で囲われ、周囲も板が敷かれて、そこで身体を洗ったりもできる。

上のほうの湯船に例の浪人たちが入っているのは、声と話でわかった。

「まったく、ここらのやつは、信玄、信玄とうるさくて参るな」

「信玄がなんだというのだ」

「たいして強くもなかったんだろう?」

「織田信長《おだのぶなが》に打ち倒されたんじゃないか」

「武田《たけだ》の残党だって、そのあとずいぶん殺されたと聞いているがな」

「いや、徳川に仕えた者も多いはずだぞ」

「なにが風林火山《ふうりんかざん》だ」

「田舎者の村自慢の類いだ」

言いたい放題である。

竜之進が呆れていると、こっちの湯船にいた男が、

「馬鹿なやつらだ。黒牛さまを怒らせるぞ」

と、ぽつりと言った。

髷を見ると、武士のようである。首まで浸かっているが、それでも首は太く、かなりの肩幅があるのはわかる。

泊まり客には、あの四人と竜之進のほかに武士はいないとのことだったので、湯に入るために立ち寄ったのだろう。そういう入り方もできるらしい。

「黒牛さま？」

竜之進が訊いた。

「神の如き妖怪というべきかな」

「ほう」

「黒牛さまは、黒牛と信玄公が合体したものという話もあるのさ」

男はそう言って、向こうの湯煙のなかに揺らめく影を、じいっと見つめていた。

夜中に騒ぎが起きた。

竜之進は二階に寝起きすることにしたが、湯船は真下になっている。その湯船から、大きな声が聞こえている。

「田辺《たなべ》。どうした？」

「駄目だ。死んでいる」

「これを見ろ。なんか、二股の武器で突かれたみたいだ」

「槍か？」

「いや、角だな」

どうやら夜中に湯に浸かっていた者が、死んでいたらしい。

刀を差し、湯船に行ってみることにした。

宿のあるじも起きてきている。

「どうした？」

と、竜之進は訊いた。

「どうも、夜中に湯に入りに来て、黒牛さまと出遭ってしまったみたいですな」

宿のあるじがそう言うと、

「黒牛さまだと」

一人がこっちを睨んだ。

「いや、本当なのです。ここらじゃ、お姿を見かけた者は大勢います」

「たわけたことを言うな」

「そんな者はわしらが退治してやる」

浪人たちは喚いた。

「いや、この者の話は本当だ」

と、竜之進は口を挟んだ。

「なんだと？」

「ほら、あれを」

竜之進は指を差した。

湯船のずっと先。月光の下、大きな影が見えていた。

二本の角があった。兜《かぶと》をつけているらしい。その兜には白い毛がなびくほどに飾られている。

「なんと……」

三人は息を呑んだ。

宿のあるじは手を合わせ、「南無阿弥陀仏」を唱えた。

誰もあとを追おうとはしない。呆然と立ち尽くしている。

影は、巨大な肩を揺すらせながら、向こうの山道に消えて行った。

「あれは、まさしく信玄公の兜」

と、宿のあるじが言った。

「なんだと？」

「黒牛さまです。黒牛さまは、信玄公の生霊《いきりよう》とも言われています」

「……」

三人は互いに顔を見交わした。

さすがに、怯えた気配がうかがえる。

「黒牛さまがここまで下りて来るのは珍しいです」

宿のあるじはさらに言った。

「どこにいるのだ？」

「ずっと山奥にある隠し湯らしいです。そこはあまり人が行きません」

三人はまた見つめ合った。

だいぶ臆してきている。だが、ここで逃げられたら、真相を掴むのは難しくなる。

「逃げられないな。退治するしかないぞ」

と、竜之進はけしかけた。

「そんなことはわかっている。よし、わしらが退治してやる」

「ああ。そうしないと、こっちもじわじわやられていく」

「もう少し、待て。明るくなるのを待ってからだ」

浪人たちは身支度を整えて、夜明けを待つらしかった。

七

三人の浪人は、息を切らしながら山道を進んでいた。

竜之進は、半町（およそ五五メートル）ほどの距離を空け、あとを追っている。

どれくらい登っただろう。甲府の裏側に来ているらしく、たまに視界が開けても、見えるのは山また山の連なりだった。

それでも夜明けとともに歩き出し、陽はまだ中天に差しかかったくらいである。

やがて、湯の匂いがして来た。

湯の島の温泉とは少し匂いが違う。

湯気を目指して谷を降りて行くと、湯気だけではなく、煙も見えてきた。

川が流れ、その岸で焚火《たきび》がおこなわれていた。

周囲には武士が五人。いずれも 裃《かみしも》をつけている。どうも、儀式のようなことが始まるところらしい。

「なにをしているのだ?」

「気味が悪いな」

と、浪人たちは言った。

こんな悪党どもでも気味が悪いなんてことを思うのだろうか。

煙は草木の匂いもした。ヨモギやドクダミなど、匂いのきつい草木も放り込んでいるらしい。

が、そうした草木の匂いのなかに、脂《あぶら》の焼ける匂いが混じっている。

「うまそうな匂いがしてきたな」

脂の焼ける匂いは、浪人たちの後ろで隠れて見ている竜之進にとっても、堪《こら》えられないほどである。

「おい、あれを見ろ」

煙が途切れると、焚火のわきに、角と白い毛がついた兜が飾られているのが見えた。

「昨夜の兜ではないか」

「やっぱり、あいつらだ」

「ぶっ殺してやる」

浪人たちは、刀を抜き放ち、焚火に向かって谷を降りた。

「匂いに釣られて出てきおったぞ」

「まるで山犬そのものだ」

「黒牛さまの餌食《えじき》になりたいらしい」

焚火の周囲の武士たちが、こっちの浪人たちに言った。追いかけて来るのは予期していたらしい。

「黙れ、田舎侍ども」

「われらの仲間を殺したのは、きさまたちだろう」

この問いに焚火の武士たちはうなずき、

「そのほうたち、勝沼の宿場からここまで、しばしば信玄公を侮辱しおったな」

「それがどうした」

「信玄公はお怒りだ。ゆえに、そなたら五人の命を頂戴することにした」

「しゃらくせえ！」

浪人者三人は、いっせいに近づいて行った。三対五の斬り合いになるだろう。

そのとき、

「待て」

と、竜之進が三人の後ろから声をかけた。

「なんだ、きさま」

浪人たちが喚くのを無視し、

「こいつらは殺さぬほうがよい」

と、竜之進は焚火の武士たちに声をかけた。斬り合いになれば、間違いなく浪人の二人は死ぬ。

「生かしたまま、江戸の役人に連絡したほうが、後々、厄介なことにならないと思うぞ。こいつらは江戸でかなりひどい押し込みをやらかしている。幕府も行方を追っているはずなのだ」

竜之進がそう言うと、

「七人ほど叩き殺し、三千両ほど戴《いただ》いたわ」

と、浪人たちは嬉しそうに言った。

「それがどうした？」

「その三千両は？」

「ふっふっふ。誰も知らぬところに隠してあるわ」

「それは素晴らしい」

と、竜之進は微笑み、

「ほらな。こいつらを捕まえて、三千両のことも白状させれば、あんたたち武田の残党の子孫も、立場はずいぶんよくなるはずだ」

焚火の武士たちに言った。

竜之進の助言に、焚火の武士たちは、ずいぶん心が動いたらしい。

「なに余計なことを言ってるんだ」

「きさまこそ、先にぶっ殺してやる」

浪人三人が刀を振り回して襲って来た。

山奥の川原だから、石がごろごろしている。浪人たちは、喚きながら刀を振り回すだけで、なかなか突進して来ない。

「仕方ないな。こっちから行ってやるか」

竜之進は胸ほどもある岩に近づいた。

「ほら、来いよ」

「ふざけるな」

浪人たちをおびき寄せると、岩陰に隠れたり、飛び出したりしながら、三人の手首を刀の峰で叩いた。こうした地形での戦いは、三社流のもっとも得意とするところである。

「ううむ、ううむ」

三人は呻きながら、川原を転げ回った。

「強いな」

焚火をしていた武士たちのあいだに、感嘆の声が上がった。

「そなた、何者?」

「旅の武芸者で、望月竜之進という者」

「なにゆえに、ここへ?」

「この浪人者の仲間が八幡神社で黒牛さまとやらに殺された件で、江戸家老のご子息に事実を確かめるよう依頼された。それで、こいつらを追ううちに、ここへ来た」

竜之進は正直に語った。

しかし、家老の子息などと言っても、なんのことかはわからないだろう。

「なるほど。しかし、おぬしには見られたくないものを見られてしまった」

そう言って、五人のうち一人が、ゆっくり前に進んで来た。巨体である。がっちりした肩に見覚えがある。

「昨夜、湯で会ったな」

「うむ。会っている」

兜をかぶって、消えて行ったのも、この男だろう。

「すまぬが、生きて帰らせるわけにはいかぬ」

男はそう言いながら、川の流れから遠ざかり、岩よりも砂地が多いあたりへと動いた。

「ほう」

竜之進も、男のあとを追った。

平らな足場での勝負になる。

「甲源一刀流、村上三五郎《むらかみさんごろう》」

そう言って、刀を抜き放った。

甲源一刀流。その太刀筋が見たくて、甲府にやって来たのである。

「三社流、望月竜之進」

竜之進も、峰を元にもどした。

八

村上三五郎は、微動だにしない。青眼からわずかに切っ先を右に傾けている。足は軽く開かれ、右足が前に出ている。

これが音無の構えだろう。つづけても疲れが来ない姿勢である。強さは感じない。それよりも柔らかさを感じる。

――これは油断できぬぞ。

竜之進は気を引き締めた。

相手が動くまで動かない。

静《せい》の剣。

竜之進とは正反対である。

隙がない。

どっしりした身体は、持久戦にこそふさわしい。

ならば、隙はつくるしかない。

「たぁあ」

声を上げながら、逆に遠ざかった。

「なんだ？」

村上が呆気に取られた。

十間近くあいだを空け、竜之進は身体中から緊張を解いた。

だらりと構えた。

「なるほど。それで音無の構えから逃れたつもりか」

村上はこちらの意図を察した。持久戦なら、疲れたほうが負けになる。疲れない姿勢で待つべきである。

「そういうことだ」

「ならば、攻めるまで」

村上は、こちらに突進して来るらしい。

竜之進は、すばやく懐から汚れた手ぬぐいを取り出し、これをひらひらさせた。

秘剣牛の首。
もう一度、使うことになるとは思わなかった。
だが、村上は牛そのものではないか。
突進して来た。土埃が舞うほどの勢いである。
竜之進はひらひらさせていた手ぬぐいを、近づいた村上の顔目がけて放った。
顔が歪むのもわかった。
瞬間、体をかわし、すれ違いざま、剣を村上の首に叩きつけた。
ずん。
と音がして、村上は膝から崩れた。
首は落ちていない。峰を返していた。
村上は、負けを悟ったらしく、うずくまったままである。
「くそっ」
「今度はわしらが」
残った四人がいっせいに抜刀した。
「よせ。お前らは勝てぬ」
膝をついたままの村上が仲間に言った。

「だが」

「この男は牛食いの儀式を……」

村上の仲間がそう言うのを竜之進は手で制し、

「牛を食うことについてはなにも言わぬ」

と、言った。

「信じられるか」

「では、わたしもいっしょに食う。それでいいだろう」

「なんだと」

「さあ、食わせてくれ」

じっさい、腹はひどく減っている。

「まったく、こんなうまいものはない」

牛の肉をむさぼり食いながら、竜之進は言った。

浪人三人は見えないところに縛りつけ、五人もいっしょに食っている。

半分、樵《きこり》のようにして暮らす武田の残党の子孫たち。

身なりを見ても、暮らしが楽でないのはわかる。藩の役人からも虐《しいた》げられているのではないか。

敗者の哀れさ。それは、浪人である竜之進にも想像がつくことだった。

「これも信玄公が残したものだ」

と、村上は言った。

「肉食《にくじき》のことか？」

「さよう」

「信玄公は出家なさっており、肉食を勧めたとは考えられぬが」

「それは食わずに済むものなら、食わぬほうがいい。だが、籠城《ろうじょう》のおりなど、危急《ききゅう》の事態においては、汚らわしい肉であっても食べなければならぬ。それが信玄公の姿勢だった」

「なるほど」

「しかし、いざ食うと、このようにうまい」

「そうだな」

「それで、機会があれば、こうして山に入り、祈りを捧げてから、食って食って食いまくる」

「牛はつぶしたのか？」

「いや。石和の宿で斬られたという牛だ。もしかして……」

村上は竜之進を見て、目を瞠った。

「あの牛だったのか」

竜之進もこれには驚いた。

まさか、あの牛が、いま、ここで焼かれているとは思わなかった。

「牛を食えば、望月どのはまだまだ肉が付き、強くなるぞ」

村上が尻尾のところを頰張りながら言った。

それはどうかと思った。

剣は力だけではない。肉を付け過ぎることで、逆に動きの切れが悪くなる場合もあるだろう。

「望月どのの言う通り、あいつらは藩の役人に引き渡すが、あいつらはわしらのこともいろいろ言うだろうな」

村上は心配そうに言った。

「いや、大丈夫だ」

竜之進は、いい手立てを教えることにした。

九

湯の島の湯宿で五日ほど身体を休め、甲州屋にもどり、それから桑木信二郎のところに顔を出した。

「望月さま。いや、お師匠さま、おもどりを待っていました」

「なにかありましたか?」

「黒牛さまの謎は解けましたよ」

「ほう」

と、竜之進は驚いたふりをした。

「黒牛さまは、かつての武田の残党の子孫たちが、亡き信玄公を偲《しの》ぶように、その真似をしていた姿らしいのです」

「そうでしたか」

「つまり、綱重さまも心配されていた黒牛さまのことは正体がわかったのです」

「それはよかったですな」

「しかも、武田の残党の子孫たちは、先日、宿場で悪さをしていた江戸の浪人者を捕まえ、突き出して来ました。五人のうちの二人は、黒牛さまを装って退治し、三人は生け捕りにしたそうです。あいつらは、江戸でたいそうな悪事を働き、三千両をまだ隠し持っていたのです」

「ありかはわかったのですか?」

「白状しました。いま、探索に向かっています」

「それはよかったですな」

「ここの役人たちは、武田の残党の子孫についてもうるさいことを言いそうだったのですが、それはわたしが釘を刺しました。虐げられてきた者たちに、これ以上、厳しいことは言うなと」

「ほう」

見事な政《まつりごと》ではないか。

この屋敷を訪ねるよう、村上たちに忠告したのは、やはり正解だったのだ。

この少年は、さぞや幼い藩主のいい相談相手になるだろう。

「お師匠さまにも動いていただきましたので、これは些少《さしょう》ですが」

と、紙に包んだものを竜之進の前に押し出した。

「では、遠慮なく」

竜之進は、包みを懐に入れた。摑んだ感じでは、小判が三枚ほどだろう。じっさいのことを話せば、この三倍ほどはもらえたかもしれない。

「それでは、お師匠さまにご教示願います」

「三社流の剣をですか」

「もちろんです」

「むろん、お教えいたします。が」

「が？」

「三社流というのは、とにかく足腰が基本となるのです。いまの桑木さまの脚力では、とてもお教えすることは無理です」

「なんと」

「これから一年ほど、毎日、三里（およそ一二キロ）は山野を駆け回っていただきたい」

「三里！」

おそらく駕籠なしでは、一里すら歩きつづけたことはなさそうである。

「いかにも。一年間、それをつづけることができたら、喜んで三社流の手ほどきをさせていただきます」

「三里かあ」

いかにも少年らしい、半べその表情になった。

「では、一年後に」

望月竜之進も、そのときが楽しみだった。

《初出一覧》

「沢庵和尚の蛙」

「小説宝石」二〇一七年二月号掲載

「幡随院長兵衛の蚤」

「小説宝石」二〇一五年十一月号掲載

「武田信玄の牛」

「小説宝石」二〇一六年七月号掲載

「宮本武蔵の猿」「由井正雪の虎」

『厄介引き受け人 望月竜之進 二天一流の猿』（竹書房刊）収録作を改稿

光文社文庫

文庫オリジナル／傑作時代小説

宮本武蔵《みやもとむさし》の猿《さる》　奇剣三社流《きけんさんじゃりゅう》 望月竜之進《もちづきりゅうのしん》

著　者　風《かぜ》野《の》真《ま》知《ち》雄《お》

2021年11月20日　初版1刷発行

発行者　鈴　木　広　和
印　刷　豊　国　印　刷
製　本　ナショナル製本

発行所　株式会社　光　文　社
〒112-8011　東京都文京区音羽1-16-6
電話（03）5395-8149　編　集　部
8116　書籍販売部
8125　業　務　部

落丁本・乱丁本は業務部にご連絡くだされば、お取替えいたします。
ISBN978-4-334-79276-3　Printed in Japan

組版　萩原印刷

KOBUNSHA